Bianca

5/5

D0591698

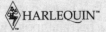

HARLEQUIN

Editado por HARLEQUIN IBÉRICA, S.A.
Núñez de Balboa, 56
28001 Madrid

I.S.B.N.: 978-84-671-8608-6
Depósito legal: B-21719-2010
Editor responsable: Luis Pugni
Preimpresión y fotomecánica: M.T. Color & Diseño, S.L.
C/ Colquide, 6 portal 2 - 3º H. 28230 Las Rozas (Madrid)
Impresión y encuadernación: LITOGRAFÍA ROSÉS, S.A.
C/ Energía, 11. 08850 Gavá (Barcelona)
Fecha impresion para Argentina: 3.1.11
Distribuidor exclusivo para España: LOGISTA
Distribuidor para México: CODIPLYRSA
Distribuidores para Argentina: interior, BERTRAN, S.A.C. Vélez
Sársfield, 1950. Cap. Fed./ Buenos Aires y Gran Buenos Aires,
VACCARO SÁNCHEZ y Cía, S.A.
Distribuidor para Chile: DISTRIBUIDORA ALFA, S.A.

Capítulo 1

KIRA MONTGOMERY apretó la frente contra el hueco para la cara de la mesa de masaje y se movió ligeramente tratando de relajar la tensión que le entumecía el cuello y los hombros. Imposible.

La masajista había «salido un momento», pero dejar a un cliente esperando quince minutos era un comportamiento totalmente inapropiado.

Chateau Mystique no podía permitirse más mala prensa.

Las trágicas muertes acaecidas recientemente junto con los consecuentes escándalos asociados al exclusivo hotel de cinco estrellas de Las Vegas habían tenido un impacto negativo tanto en lo económico como en lo personal.

Para desestabilizar todavía más su vida personal, el médico había confirmado sus temores. Que estaba embarazada.

Temblando de ira, Kira respiró profundamente y contuvo el aliento. Después expulsó el aire lentamente, tal y como le había sido recomendado por la masajista, pero eso tampoco logró tranquilizarla. Ni eso ni nada.

Desde que siguió el consejo de su abogado y aceptó viajar a la isla caribeña de Petit St Marc para una reunión con André Gauthier, la vida de Kira se había convertido en una caótica pesadilla.

El apuesto multimillonario le había asegurado que él no tenía ni idea acerca de aquella reunión y se había negado rotundamente a divulgar cómo había logrado hacerse con parte de las acciones de su hotel. Aunque ella se había sentido frustrada y furiosa con él, había quedado totalmente dominada por la fuerza de su personalidad y por su capacidad para debatir cualquier tema.

El hombre la había estimulado mentalmente con sus argumentos, y, físicamente fue capaz de excitarla como ningún hombre lo había hecho antes, pero ella se había negado a aceptar su oferta de compra de sus acciones. André Gauthier contaba con una participación menor, y era todo lo que iba a tener.

Chateau Mystique era su hogar, su sueño, su legado, y para ella no hubo más motivo para continuar más tiempo en la isla.

No más motivo que el puro deseo.

Porque André Gauthier había despertado en ella una ardiente pasión y un profundo deseo. Por otro lado, ella era una mujer adulta, y tenía todo el derecho a una breve aventura sin más consecuencias.

Sin embargo, trece semanas más tarde Kira seguía siendo incapaz de olvidar su fugaz noche de pasión, ni el escándalo que siguió a la mañana siguiente a su encuentro en todas las publicaciones de prensa rosa del país. Ni a André Gauthier, el padre del hijo que llevaba en su seno, el hombre que había aparecido en la prensa económica como autor de un intento despiadado de destruir Bellamy Enterprises.

¿Por qué iban los accionistas a obligar a Peter Bellamy a vender el imperio de su padre?

Quizá estarían dispuestos a una fusión, como la que ella había buscado con André antes de darse cuenta de su perfidia.

¡Qué ingenua había sido! Si al principio sólo le preocupaba el acuerdo con André sobre el Chateau, ahora la idea de tener un hijo en común la desestabilizaba personalmente. ¿Cómo contarle a un amante fugaz del que se había despedido con clara hostilidad que pronto sería padre?

Las náuseas que le habían acompañado constantemente durante las últimas semanas amenazaron de nuevo. Kira se concentró en las instrucciones del médico en lugar de descolgar el teléfono y llamar a André para cortarle la noticia.

La puerta se abrió y ella rápidamente apartó a André de su mente para enfrentarse a la masajista.

—Espero que tenga una buena excusa para dejarme esperando durante quince minutos —dijo sin incorporarse.

Pero sus palabras no obtuvieron respuesta.

Kira frunció el ceño, con la inquietante sensación de que había alguien en la puerta observándola.

Alguien que no debería estar allí.

Un estremecimiento de ansiedad le recorrió la columna vertebral y ella se estremeció a pesar de la exquisita manta que le cubría el cuerpo desnudo.

—¿Quién está ahí?

—*Bonjour, ma chérie* —dijo una voz de hombre con tono grave y penetrante.

¡André Gauthier! ¡En lugar de responder a su llamada, había ido a verla!

El primer impulso de Kira fue levantarse de la mesa y lanzarse a sus brazos, aunque sólo fuera para asegurarse de que no era un sueño. Aunque sólo fuera para acariciarlo, para besarlo, para sentir de nuevo sus manos y su boca.

—Sugiero que dejemos esta conversación para más

tarde, cuando esté presentable –dijo ella, haciendo un esfuerzo para controlar sus emociones.

–No he venido para hablar.

Un par de carísimos mocasines masculinos aparecieron en el reducido espacio que le permitía ver el hueco para la cara de la mesa de masajes.

El hombre apoyó una mano en la espalda femenina, a la altura de la cintura, marcándola con el calor de la palma, recordándole que la última vez que la tocó la había sumido en un auténtico mar de pasión y placer.

Aunque tampoco necesitaba nada que se lo recordara.

Pero donde antes había sentido el ardor masculino, ahora notaba únicamente su antagonismo. Totalmente dirigido contra ella.

La rabia masculina no era el mejor augurio para la noticia que tenía que darle.

–¿Entonces para qué has venido? –preguntó ella con un incontrolable temblor en la voz.

–Para reclamar lo que es mío.

Kira clavó las uñas en el apoyabrazos. Claro, estaba allí para continuar negociando por el hotel Chateau Mystique. No por ella.

Kira había esperado aquella conversación. Aunque en unas circunstancias muy distintas, con ella vestida y en total control de sus emociones, en la reunión de la junta directiva que habían acordado para dos semanas más tarde, no tendida desnuda en una camilla de masaje y temblando de deseo.

André le recorrió con la mano la columna vertebral, deslizando lentamente la manta sobre la piel. Ella apretó los dientes, luchando contra las emociones que la embargaban. Emociones de irritación, de deseo, de necesidad.

Era una batalla perdida.

Desde el momento que lo vio por primera vez, Kira había sido consciente de todo lo que era él, desde la intensidad de su presencia a la virilidad de su cuerpo y de su olor, mezcla de hombre y de mar.

Los largos dedos masculinos se deslizaron sobre la espalda desnuda en una sedosa caricia, inundando sus sentidos de espontáneos recuerdos de los besos embriagadores que continuaban grabados en su mente, de las expertas manos que la habían llevado a la cima máxima del placer, y de la noche compartida, la experiencia más intensa y apasionada de su vida.

Aquella firme y a la vez suave caricia le impedía pensar. Su cuerpo reaccionó traidoramente, y Kira sintió cómo se le hinchaban los senos y se le erizaban los pezones.

A duras penas contuvo un suspiro de placer. Una intensa y sensual sensación empezó a converger en la unión de las piernas, haciéndola temblar de deseo. ¡Maldito él!

—Éste no es lugar para hablar de negocios.

—Siento discrepar.

El crujir de papel resonó en el silencio. Un folio apareció ante sus ojos bajo el hueco de la mesa.

Kira dejó escapar un bufido, segura de que sería otra oferta tan peregrina como las anteriores por el Chateau. Pero al leer el titular sintió que se le caía el alma a los pies.

¡No! ¡No podía ser! Leyó cada palabra sin poder dar crédito a sus ojos.

—¿Qué engaño es éste? —preguntó ella.

—Nada de engaños, *ma chérie*. Como puedes comprobar soy el accionista mayoritario de Chateau Mystique.

¡Imposible! Las acciones de Edouard tenían que pasar a sus manos tras la lectura del testamento, y para eso todavía faltaban dos semanas. Edouard le había prometido que, tras su muerte, ella tendría el control mayoritario del hotel.

Sin embargo, el documento demostraba que las acciones de Edouard habían caído en las manos de aquel arrogante multimillonario. Kira dudó de su validez, a pesar de que tenía la firma de su abogado, una firma que había visto en innumerables ocasiones.

Una vez más se sintió traicionada, utilizada, y abandonada.

André controlaba su hotel, su hogar, y si se lo permitía, terminaría por controlarla a ella.

La mano masculina se deslizó sobre sus hombros en una falsa caricia, y ella tembló, encolerizada como no había estado nunca.

André se echó a reír, sin duda disfrutando de la reacción femenina, y la humillación de Kira fue completa.

–Levántate.

Kira se incorporó rápidamente, cubriéndose el pecho con la manta y sacudiendo la cabeza para apartarse de pelo de la cara, tan furiosa y sorprendida que ni siquiera se dio cuenta del brillo de admiración en los ojos masculinos al mirarla.

Al menos estaban solos. Sabía que André jamás salía sin su guardaespaldas, un matón que seguramente estaba en el pasillo, asegurándose de que nadie les interrumpía.

Levantando la mirada, Kira recorrió el cuerpo alto y musculoso de André, enfundado en un traje gris de corte impecable que marcaba aún más la anchura de los hombros y la poderosa expansión del pecho. La camisa, inmaculadamente blanca, contrastaba con la piel bronceada, y la corbata plateada hacía juego con el reloj de platino que seguramente costaba más de lo que ella ganaba en un año.

Kira sintió cómo el corazón le latía traicioneramente al recordar lo mucho que había disfrutado de tener aquel cuerpo pegado al de ella, aquellas manos largas y esbeltas llevándola una y otra vez a la cima del placer.

Con él fue así desde el primer momento. Apenas dos horas después de conocerse estaban el uno en brazos del otro haciendo el amor con una urgencia y una pasión que la hizo incluso ignorar las consecuencias de caer en la cama de André.

«Dile cuál ha sido el resultado de la aventura», le gritaba una voz en su mente una y otra vez. «Díselo de una vez».

Con manos temblorosas, Kira lo miró a los ojos. Una violenta ráfaga de emociones cayó sobre ella dejándola sin fuerzas. No, aquél no era el momento.

–Vístete –ordenó él.

Kira le dio la espalda y se puso un vestido de verano de seda azul sin poder evitar el temblor de sus manos y los fuertes latidos de su corazón al tenerlo tan cerca. Bajo la mirada masculina se sentía tremendamente vulnerable.

–Supongo que ahora querrás comprar mis acciones –dijo ella.

–*Oui*.

–No están a la venta.

–No has oído mi oferta.

–No es necesario –dijo ella plantándose ante él fingiendo un valor que no sentía–. No voy a vender.

Él arqueó una ceja, como cuestionando su afirmación.

– Todo el mundo tiene un precio.

–Yo no.

– Eso lo veremos –André señaló la puerta con la cabeza–. Tú primero.

–Mejor me despido de ti aquí y nos vemos en la reunión de la junta dentro de dos semanas –repuso ella manteniéndose firme en su postura.

La sonrisa masculina era glacial.

–Tú vienes conmigo, *ma chérie*.

–Ya te gustaría –dijo ella, detestando el temblor en su voz.

Un músculo latía aceleradamente en el rostro masculino.

–Te llevaré en brazos si es necesario, pero tú te vienes conmigo a Petit St Marc.

¿La isla del Caribe? ¿Se había vuelto loco?

–¿Para qué?

–Para ganarle la vez a tu amante, *ma chérie*.

–Pues estás perdiendo el tiempo, porque yo no tengo amante.

–Sé que has estado en esto con Peter Bellamy desde el principio.

–¿Peter? –Kira soltó una histérica carcajada–. Te aseguro que no es mi amante.

–Ahórrame las mentiras. Conozco la verdad.

André no podía estar más equivocado, pero Kira se dio cuenta de que si no la creía en eso, jamás creería que él era el padre del niño que llevaba en su seno.

–No pienso ir contigo a ninguna parte. Vete o...

André chasqueó los dedos y ella dio un respingo, golpeándose con la espalda contra la pared.

–Esto me costaría hundir el hotel –la amenazó él–. Y entonces tus acciones no valdrían nada. ¿Eso es lo que quieres?

¡Aquello era chantaje! ¡Y como mínimo secuestro! Pero no podía permitir que nadie hundiera el hotel en el que tenía puestos todos sus sueños y todo su futuro.

–No, pero no puedo irme dejándolo todo en el aire –dijo ella, consciente de que las palabras de André no eran un farol.

–Claro que puedes, y lo harás –André la sujetó por el brazo y la llevó hasta la puerta, aunque el contacto fue sorprendentemente suave.

De acuerdo, se dijo ella. De momento volvería a la isla con él. Quizá allí tendría la oportunidad para hablarle del hijo que esperaba. Quizá allí podría razonar con él sobre el Chateau, y convencerlo de que era suyo por derecho.

André Gauthier miró a la hipócrita mujer que caminaba por el pasillo delante de él, moviéndose con un suave contoneo de caderas que eran toda una invitación para cualquier hombre. No era de extrañar que Bellamy le hubiera ofrecido el cuarenta y nueve por ciento de las acciones de Chateau Mystique.

Kira Montgomery era la sexualidad personificada. A él desde luego lo había engañado y seducido prácticamente sin esforzarse.

Él siempre se había enorgullecido del férreo control que tenía sobre sí mismo y el mundo que le rodeaba, hasta que Kira invadió su isla tres meses atrás.

A André no le sorprendió que Bellamy enviara a una mujer a negociar con él tras rechazar su última oferta para comprar el Chateau. El viejo había contado con los encantos de Kira para lograr sus objetivos, y desde luego funcionó. Al menos por una noche, André se vio atrapado en el debate más estimulante de su vida, y él no se dio cuenta de hasta dónde llegaba su engaño hasta mucho después.

No fue el viejo Bellamy quien la envió, sino su hijo Peter. Su más fiero rival. El hombre que probablemente había preparado el camino que condujo hasta el accidente de coche en el que murió la amante de Edouard y lo dejó a él moribundo en el lecho de un hospital.

Kira no era sólo la querida de Peter, también era el cerebro de la maniobra utilizada para terminar con el viejo Bellamy y que le había dado por fin el control de Chateau Mystique.

Pero su traición había arrebatado a André algo mucho más valioso que propiedades materiales.

Había participado en destruir lo último que quedaba de su familia.

A su hermana Suzette.

Kira lo había traicionado, y lo que él deseaba por encima de todo era venganza. Ella estaría en la isla a su merced cuando él lanzara el ataque definitivo para hacerse con Bellamy Enterprises.

En silencio, los dos subieron a la quinta planta. Kira iba la primera y André la siguió hasta una puerta que ella abrió con una tarjeta magnética. La suite era pequeña, nada espectacular, pero muy acogedora y agradable. André se dio cuenta de que tenía algunos toques muy personales, propios del típico saloncito inglés, y de que olía a la misma delicada fragancia floral que ella.

—No necesitarás mucho equipaje —dijo él, irritado ante la idea de que aquél podía ser el lugar donde recibía a su amante, Peter Bellamy.

—¿Piensas tenerme encerrada en una habitación todo el día? —repuso ella tensándose.

—Si es preciso —la amenazó él con los dientes apretados—. Te conozco bien y no quiero volver a arriesgarme. Tengo pruebas de tu participación en el plan de Bellamy.

Kira lo miró boquiabierta, como si no pudiera creer lo que estaba oyendo.

–No tengo ni idea de a qué te refieres.

La sonrisa de André era tan forzada como la tensión reinaba en la suite.

–Nunca deja de sorprenderme las molestias que se toman algunos para triturar cualquier rastro de papel, pero olvidan el electrónico –fue el irónico comentario de André, que ella no comprendió–. Y basta de perder el tiempo, recoge tus cosas y vámonos.

Kira se metió en el dormitorio como alguien camino de la guillotina. En ese momento, sonó el móvil de André y éste respondió inmediatamente. Era su guardaespaldas.

–¿Qué?

–Peter Bellamy acaba de llegar –dijo la voz profesional del hombre al otro lado del teléfono.

André miró con ojos acusadores a Kira, que parecía estar preocupada únicamente por hacer la maleta. No la había perdido de vista, por lo que o Bellamy estaba haciendo una visita sorpresa al Chateau a ver a su amante, o algún empleado de Kira le había avisado por teléfono.

–No lo pierdas de vista –André se metió el móvil en el bolsillo–. ¿Vas a tardar mucho?

–Sólo necesito un par de cosas más y el portátil –dijo ella acercándose a un escritorio y cerrando un ordenador portátil–. Aquí tengo todo lo que necesito para continuar dirigiendo el hotel desde cualquier lugar del mundo.

–No pensarás seguir trabajando.

–Por supuesto que sí, no soy de las que se queda de brazos cruzados –le aseguró ella–. Y no necesito tu permiso.

—No estés tan segura de eso.

André tuvo la satisfacción de verla palidecer antes de que el móvil sonara de nuevo.

—Están aquí los paparazis —dijo su guardaespaldas—. Van detrás de Peter Bellamy.

No. Era lo último que necesitaba. Verse involucrado en otro enfrentamiento público con Kira.

—Tenemos que irnos sin que nos vea la prensa. ¿O prefieres una repetición de la última vez?

Ella se ruborizó y negó con la cabeza.

—La mejor opción es la puerta de servicio.

André se lo repitió al guardaespaldas.

—Nos vemos allí en cinco minutos.

—Pero aún no estoy lista.

André maldijo en voz baja y consultó la hora.

—Tienes tres minutos. Después nos iremos, estés vestida... —deslizó la mirada por el cuerpo femenino sin ocultar su admiración—, o no.

Mascullando una maldición, Kira se hizo con un conjunto de ropa interior de encaje y corrió al vestidor. André hizo ademán de seguirla.

—Ni se te ocurra acercarte —dijo ella.

—No se me pasaría por la cabeza —le aseguró él yendo hasta la cama para cerrar la maleta y depositarla en el suelo.

Con apenas cinco segundos de tiempo, Kira salió del vestidor enfundada en una falda estampada que le marcaba las nalgas y los muslos y dejaba las rodillas y las pantorrillas al descubierto. Un elegante suéter de verano turquesa moldeada perfectamente el pecho que él conocía tan bien. Inconscientemente él los sintió de nuevo en las palmas de las manos mientras ella metía los pies en unas sandalias de tacón alto y metía el ne-ceser en una pequeña bolsa de viaje a juego con la ma-

leta. Después buscó su bolso y metió el móvil. Rápidamente André le quitó el bolso y retiró el teléfono, que
dejó en una estantería.

–¿Así que has conseguido llamar a Peter? –dijo él
burlón, sujetando la maleta y yendo hacia la puerta.

–He dejado un mensaje para mi abogado.

–Espero que haya sido de despedida –André abrió
la puerta y la invitó a salir.

Kira miró a la estantería una última vez y, con la cabeza alta, salió al pasillo. André la seguía observando el
sinuoso movimiento de sus caderas. Ella se metió en el
ascensor y André lo hizo tras ella. El equipaje les obligó
casi a pegarse.

Las puertas empezaron a cerrarse, y justo en aquel
momento empezaron a abrirse las del ascensor de en-
frente. Durante una décima de segundo, ambas puertas
permanecieron abiertas y André cruzó la mirada con la
de Peter Bellamy. Su rival lo miró con rabia, y enseguida clavó los ojos en Kira.

Al verla tan cerca de André, Peter quedó boquia-
bierto: su amante se iba con su enemigo. Furioso clavó
de nuevo los ojos en André.

Éste sonrió, pasó un brazo por el hombro femenino
y ofreció a su rival una sonrisa cargada de ironía.

Capítulo 2

AL CAMBIAR el avión privado de André por la limusina que los esperaba en el aeropuerto internacional de Martinica Aimé Césarie, Kira se preguntó cuándo acabaría aquel día, agotada tras el largo trayecto desde Las Vegas durante el que ni siquiera había podido hablar con André. Éste se había encerrado en un absoluto silencio y frustrando sus esperanzas de hablar con él racionalmente durante el vuelo.

Y no era ella la única agotada.

Las ojeras y la barba incipiente en el rostro masculino reflejaban también su cansancio. Al mirarlo, Kira recordó la sensación de aquellos labios firmes en los suyos, destrozando sus defensas y atajando sus miedos. Recordó cómo sus manos, su boca y su cuerpo la llevaron al primer y demoledor orgasmo, y continuaron haciéndolo más veces de las que ella podía recordar, hasta dejarla deliciosamente saciada y más feliz que nunca.

Eso fue la calma antes de la tormenta. Lo que ahora no podía imaginar, mientras la limusina avanzaba por los campos de azúcar en dirección hacia Fort-de-France, era qué tormenta se estaba fraguando en André.

Tres meses atrás ambos, dominados por la rabia, habían expresado el deseo de no querer volver a verse. Sin embargo, poco después ella lo llamó por teléfono, y ahora él había ido junto a ella. ¿O había planeado ir al Chateau de todos modos, para secuestrarla?

Probablemente ése era el caso, por lo que ella decidió que sería mejor mantener su secreto durante un poco más de tiempo. Demasiado agotada para seguir pensando, Kira estiró a las piernas y contempló los exuberantes jardines tropicales que se extendían a ambos lados de la amplia avenida. A medida que se acercaban al puerto, se adentraron en una zona de pintorescas tiendas y casas de colores ante un fondo de frondosas colinas de palmeras. Música *reggae* resonaba en la zona del mercado al aire libre, donde las mujeres lucían ropas de vivos colores y los niños jugaban despreocupados en las aceras.

Kira se llevó una mano al vientre, todavía plano, y esbozó una triste sonrisa. ¿Cómo reaccionaría André cuando le dijera que llevaba a su hijo en su seno? ¿Aceptaría su responsabilidad con resignada indiferencia, como había hecho su propio padre? No, no podía ser tan cruel y tan frío.

–¿Qué te pasa? –preguntó André inclinándose hacia ella–. ¿Estás enferma?

«Estoy embarazada». Kira lo miró, dispuesta a decírselo, pero los ojos del hombre eran tan negros y turbulentos como una tempestad invernal. Y ella estaba demasiado cansada para enfrentarse a toda la fuerza y la ira que lo imaginaba capaz de desencadenar.

–Estoy cansada –dijo por fin–. Ha sido un viaje muy largo.

–Podrás descansar en el barco –dijo él–. Sólo nos queda una hora de viaje.

La limusina llegó por fin a la amplia explanada de la bahía de Flamands Bay, donde había atracado un enorme barco de crucero entre un buen número de catamaranes y yates que se mecían lánguidamente en las cálidas aguas turquesa del Caribe. André se bajó de la limusina en cuanto ésta se detuvo y la rodeó para abrirle la puerta. Agachándose ligeramente, le tendió la mano.

Kira miró la mano de dedos largos y elegantes y piel bronceada, y recordó la sensación de aquellas manos acariciando su cuerpo desnudo y llevándola una y otra vez al máximo placer.

–No muerdo –dijo él al verla titubear, en un tono no exento de arrogancia.

–No sería la primera vez –respondió ella, y vio en los ojos masculinos el mismo brillo de pasión que ella sentía. Al instante se arrepintió de sus palabras.

–Yo no era el único con dientes, *ma chérie* –se defendió él tomándole la mano.

Kira hubiera querido apartarse, pero no pudo. Más bien deseó apoyarse en él, pero no se atrevió. Sin embargo, el calor de su piel y el contacto la hizo sentirse segura y protegida, y dejándose llevar bajó del vehículo.

¡Qué patética era! Sólo una tonta tendría fantasías con el hombre que le acusaba de llevar a los paparazis a su isla; que se había hecho con una participación mayoritaria en su hotel; que la había obligado a volver a la isla, al mismo lugar donde había vivido los momentos más apasionados de su vida, donde habían concebido un niño.

En el muelle, André la llevó hasta una pequeña lancha atracada en el embarcadero. Kira sintió que se le caía el alma a los pies.

– Por favor, dime que no tengo que montarme en esa lancha.

–*Oui*, es la forma más rápida.

Inconscientemente ella se echó hacia atrás, lo que

no era fácil, teniendo en cuenta que él continuaba sujetándola de la mano y ella le temblaban las rodillas.

–No, no puedo.

Él la miró desde su altura con intensidad.

–No tienes otra alternativa.

Kira tragó el nudo de pánico y cerró los ojos, tratando de calmar su ansiedad.

–Las lanchas pequeñas me dan verdadero pánico.

–No tienes nada que temer.

Aterrada, se dio cuenta de que él hablaba muy en
serio, ignorando, por supuesto, que de niña ella estuvo
a punto de morir en un accidente de barco en el lago
Mead, cerca de Las Vegas. Aquel recuerdo y sus de-
vastadoras consecuencias todavía continuaban vivas
en su mente. No, no podía montarse en aquella lancha.

Se zafó bruscamente de la mano masculina, pero
antes de poder dar media vuelta y huir de allí, André la
alzó en brazos y se metió en la lancha con ella.

–Tranquila, *ma chérie*. ¿Ves aquel yate anclado en
medio de la bahía?

Efectivamente. Un elegante yate blanco brillaba
como una perla contra el cielo anaranjado del atarde-
cer. Pero estaba muy lejos.

–En el Sans Doute estarás perfectamente –le aseguró él dejándola en el suelo, a la vez que daba instrucciones en francés al joven que se ocupaba del motor.
Después se sentó en el banco y tiró de ella, sentándola a
su lado.

El cuerpo de Kira temblaba con un miedo incontrolable, y ella se sujetó con tanta fuerza al reposabrazos
que se quedó sin sensibilidad en los dedos. André la
observaba con el ceño fruncido.

–*Mon Dieu*, tienes miedo de verdad.

Ella asintió en silencio.

André le pasó un brazo por los hombros. Con una mano dibujó círculos tranquilizadores en el brazo femenino.

–Tranquilízate. No pasará nada.

Ojalá pudiera tranquilizarse. La lancha zarpó a toda velocidad, alzándose sobre el agua. Presa de pánico, Kira enterró la cara en el pecho masculino, sintiéndose atrapada de nuevo en una pesadilla.

–Mírame. *Mon Dieu*, mírame –insistió él.

Kira encontró los ojos penetrantes que la observaban, consciente de que los suyos reflejaban todo el miedo que sentía, pero sin que le preocupara lo que André pensara de ella.

–Te odio –susurró ella.

–No esperaría menos de ti –dijo él bajando la cabeza.

Kira supo que iba a besarla, y que debía apartarlo, o al menos volver la cabeza, pero no lo hizo. Porque quería que la besara con una desesperación impropia de ella.

La boca masculina se cerró sobre la suya con una pasión que devoró sus últimas reticencias. Ella se estremeció violentamente y se negó a reaccionar durante una décima de segundo, pero entonces el beso cambió, se hizo más tierno, y un temblor muy distinto al provocado por el miedo le arrebató toda capacidad de pensamiento lógico.

Kira apoyó la palma de la mano en el pecho masculino y sintió los acelerados latidos del corazón de André bajo la piel, mientras éste le acariciaba la espalda con los dedos en un erótico baile más antiguo que el tiempo. Sin poder ni querer reprimirse, ella lo besó con la misma pasión.

Demasiado pronto él interrumpió el beso, cuando

ella estaba a punto de suplicarle que la acariciara todo el cuerpo, el pecho, el sexo.

–Hemos llegado al Sans Doute, *ma chérie* –anunció él–. Aquí estarás a salvo.

¡Qué gran mentira! Siempre que ella continuara rindiéndose a la más leve de sus caricias, estaba en peligro mortal de perder su alma y su corazón con aquel misterioso pirata del Caribe.

André se enorgullecía del estricto control que tenía sobre sí mismo tanto en los negocios como en la cama, pero besar a Kira había sido un error. Lo hizo para ayudarla a olvidar el pánico que se había apoderado de ella de forma tan irracional, pero lo cierto era que él había estado a punto de perder el control. De no haber interrumpido el beso, quién sabía hasta dónde habría podido llegar.

Y ella era una seductora, una bruja marina, y ahora era suya.

La ayudó a subir a la cubierta del yate, consciente del temblor de su cuerpo y de la fuerza con que le sujetaba la mano, hasta clavarle las uñas, y sintió el repentino impulso de abrazarla, de protegerla, de hacerle el amor hasta disipar todos sus temores.

¡Cómo detestaba aquel arrollador deseo que amenazaba con hacerle perder el control por ella! ¡Y cómo odiaba el control que Bellamy tenía en su vida!

Sin soltarla la condujo hasta el salón principal del yate, decorado en satén en tonos dorados y burdeos, y de allí subieron por la escalera en espiral al salón de observación. En todo momento la llevó ligeramente sujeta por la espalda, con la mano apoyada en la curva de la cintura, en parte porque le gustaba el contacto, y en parte porque sabía que a ella le inquietaba y la excitaba. Y así era como la quería, excitada y ansiosa por él.

André pensaba tomarse su tiempo. Era importante que ella lo deseara, que él se ganara su confianza.

Lo que no sería difícil, teniendo en cuenta que había sido educada para dar placer a los hombres. Sí, antes de que todo aquello terminara, Kira le suplicaría que la llevara la cama y le hiciera el amor.

Era inevitable, y Bellamy tenía que ser consciente de ello. Entonces, ¿por qué no la había llamado su más acérrimo enemigo y rival?

—Ponte cómoda —dijo él cruzando hasta el bar—. ¿Quieres tomar algo antes de zarpar?

—Agua, por favor —dijo ella.

Kira se había sentado en el sofá circular que dominaba el salón, con las piernas dobladas, y se había puesto un enorme cojín sobre el estómago. André se dio cuenta de que estaba incluso más pálida que antes, y eso le preocupó.

—¿Te encuentras bien?

—Sólo tengo sed —le aseguró ella, aunque su mirada expresaba temor e inquietud—. Hace rato que no bebo nada y no quisiera deshidratarme.

André frunció el ceño. ¿Era otra táctica para ganarse su comprensión? ¿Para despertar sus remordimientos por haberla llevado a la isla contra su voluntad? Con irritación, él sirvió un vaso de agua.

Después de entregarle el vaso, André se preparó un daiquiri de ron con unas gotas de lima. Imágenes de Kira haciendo el amor con Bellamy pasaron por su mente y dejaron una amarga estela de ira a su paso.

En lugar de saborear el fuerte y dulce sabor a ron, André sintió el amargo sabor de la venganza en la lengua. Kira trataba de hacerse pasar por una ingenua, pero no era en absoluto inocente. No, a él no lograría engañarlo. Se había dado cuenta de la preocupada expresión en los ojos cuando creía que nadie la miraba. Era como si tuviera algún secreto.

—¿Tienes Internet en la isla? —preguntó ella después de beber un sorbo de agua.

—Sí, tengo una conexión privada en mi despacho —dijo él cruzando el salón con el vaso en la mano y mirándola con suspicacia—. ¿Qué, pensando que Peter vendrá a rescatarte de la situación que habéis creado entre los dos? ¿O necesitas sus instrucciones para espiarme mejor?

Las mejillas femeninas se encendieron de rabia.

—Necesito dirigir el hotel.

—Oh, te refieres a mi hotel.

—Eres el accionista mayoritario, pero el Chateau siempre será mío.

¡Oh, cuán equivocada estaba!, pensó él, pero no dijo nada. No era costumbre suya cebarse con alguien en situación de debilidad. Las ojeras bajo los ojos dejaban en evidencia que estaba al borde del agotamiento, por mucho que tratara de ocultarlo defendiendo el Chateau con uñas y dientes.

André apuró el daiquiri y, tras dejar el vaso en la barra con un golpe seco, se plantó ante ella sin ocultar su irritación, que aumentó aún más al verla levantar la barbilla y mirarlo con los ojos muy abiertos, pero sin dejarse intimidar. André apoyó la rodilla en el sofá y las manos también, una en el respaldo y otra en el reposabrazos.

—Chateau Mystique es mío, y tú también. No lo dudes, estáis los dos bajo mi control.

—Eres un salvaje.

–¿No me digas que no sabías que por mis venas corre sangre de pirata? –preguntó él, a la vez que le quitaba el cojín de las manos y apoyaba la mano en el estómago femenino, rozándole los senos con los dedos.

Kira, con los ojos muy abiertos y las pupilas dilatadas, contuvo una exclamación. En sus ojos había no miedo, sino deseo, un deseo tan intenso como el suyo propio. No, ella no lo temía. Lo deseaba tanto como él a ella.

–¿Qué? –continuó él con una devastadora sonrisa–. ¿No tienes nada que decir?

–Nada que tú vayas a creer –repuso ella.

–No te hagas la inocente conmigo –dijo él.

Se incorporó de nuevo y cruzó el salón. Salió a cubierta consciente de que si seguía cerca de ella no podría evitar tenderla sobre el lujoso sofá y demostrarle lo mucho que ella deseaba que la hiciera suya. Lo fácil que se rendiría ante él.

Pero aquél no era el momento. Desde cubierta contempló el horizonte en silencio durante unos minutos y después fue al dormitorio principal, desde donde hizo una llamada.

–¿Sigue Bellamy en el Chateau? –preguntó en cuanto su interlocutor descolgó el teléfono al otro lado de la línea.

–No, se fue una hora después que usted.

–¿Ha vuelto a Florida?

–No, ha ido a California a inaugurar un nuevo hotel –le informó el hombre–. ¿Desea que continúe con la vigilancia?

–Sí. Quiero saber todo lo que hace: con quién habla, qué hace, con quién se relaciona.

–De acuerdo –dijo el detective.

André colgó el teléfono y analizó la situación. ¿Por

qué Bellamy continuaba con sus ocupaciones profesionales como si no hubiera ocurrido nada? ¿Y más después de verlo a él con Kira en el ascensor del Chateau?

¿Cabía la posibilidad de que ella no fuera más que un peón en su plan para humillarlo públicamente? Quizá sí, y no podía descartar que le hubiera pagado con acciones del Chateau. Era una posibilidad que debía tener en cuenta.

Su enfrentamiento con Edouard había sido personal, una simple venganza cargada de emociones de un David contra Goliat. Sin embargo, el enfrentamiento con Peter era exclusivamente profesional, y mientras Edouard no lo había considerado más que una incómoda molestia, Peter Bellamy estaba decidido a destruirlo. Y Kira se había puesto al lado de su enemigo para arruinarlo.

Sin embargo él la deseaba con todo su ser.

André tiró el bolígrafo a la mesa y volvió de nuevo al salón. Allí encontró a Kira, acurrucada en el sofá, dormida, con los rizados mechones caoba sobre el cojín, toda inocencia y provocación a la vez. ¿Cómo podía tener aquel aspecto, y peor aún, como podía desearla tanto, sabiendo que ella formaba parte del plan para destruirlo?

Sin embargo, al verla se le aceleró el pulso y deseó hundir los dedos en la melena caoba desparramada sobre el cojín. ¿Cómo reaccionaría a sus caricias? ¿Se derretiría en sus brazos? ¿Suspiraría de placer al sentirlo dentro de ella?

Con una mano deslizó el nudo de la corbata y se la quitó. Pronto lo sabría.

Capítulo 3

KIRA SE movió al escuchar la voz aterciopelada de sus sueños. Apenas entendía francés, pero su cuerpo reconoció la promesa de placer que encerraban las sensuales palabras que se filtraban en sus sueños.

Como siempre, fue incapaz de evitar el deseo que se apoderó de su cuerpo, y adormecida se arqueó en sueños como suplicando sus caricias, sus besos.

La mano masculina se deslizó bajo su falda y subió por el muslo, acercándose a donde ella más lo deseaba. Una suave risa hizo añicos el sueño y Kira quedó paralizada, sabiendo incluso antes de abrir los ojos que aquella caricia íntima era tan real como el hombre que estaba junto a ella. André estaba a su lado, mirándola intensamente, con expresión indescifrable y los dedos a pocos centímetros de la unión de sus piernas.

–¿Qué estás haciendo? –preguntó ella tratando de empujarlo con las manos, aunque sin mucho éxito.

Él esbozó una sonrisa.

–Eso debería ser evidente.

Ella negó con la cabeza, sin poder creer que André hubiera intentado aprovecharse de ella mientras dormía, y menos aún que ella hubiera estado a punto de dejarle hacer.

–No cometeré ese error otra vez.

–Pero me deseas –declaró él con firmeza.

–No.

–Sé cuando una mujer finge –dijo él–, y cuando le domina el deseo.

Un dedo se deslizó bajo el encaje que ribeteaba la braga de seda y Kira no pudo reprimir el escalofrío que la recorrió. Con una sonrisa de satisfacción, André acarició con el mismo dedo la tela húmeda de la prenda de ropa interior, y ella tuvo que morderse el labio para acallar un gemido de placer.

–Sabía que estabas lista antes de tocarte –dijo él en voz grave y pastosa.

–André, no, por favor –le suplicó ella.

–¿Por qué? No tenemos nada que perder.

–Te equivocas.

Ella ya estaba a punto de perder su corazón, lo que era ridículo teniendo en cuenta que el causante la había secuestrado en su hotel y la llevaba a su isla con intenciones que no estaban muy claras.

André deslizó la palma de la mano hacia abajo, acariciándole lentamente el muslo y la pantorrilla, sumiéndola en un mar de placer. Después le tomó el pie con la mano y le acarició la planta con los dedos.

–¡No! –exclamó ella de repente apartando el pie–. ¡Me haces daño!

Era una exageración, pero lo cierto era que el pie le dolía. André lo examinó en silencio, y pasó los dedos por las marcas y las ampollas que le habían dejado las sandalias.

–¿Cuántos rato hace que tienes así los pies? –preguntó furioso.

–Empezaron a dolerme al bajar del coche.

–Tenías que habérmelo dicho.

–No estabas precisamente de muy buen humor –respondió ella, tratando de recuperar el pie.

Pero él se movió a la velocidad del rayo, y tumbándola cuan larga era en el sofá, se colocó sobre ella. Apoyó los brazos a ambos lados de la cabeza femenina, manteniendo la mitad superior del cuerpo en el aire, pero no el vientre. Kira podía sentir el sexo duro contra el estómago y tuvo que morderse un gemido, temiendo que la hiciera suya allí mismo, y a la vez que no lo hiciera.

—Descubrir que la amante de mi peor enemigo me ha engañado me pone de muy mal humor —dijo él con la boca muy cerca la de ella.

—No soy la amante de Peter —protestó ella.

—¿Por qué te empeñas en seguir mintiendo?

El rostro masculino estaba más tenso que nunca.

—¿Por qué te empeñas en no creerme?

—Porque sé lo que eres —respondió él—, y lo que pretendes.

Kira se puso roja de rabia e impotencia.

—No, sólo crees que lo sabes.

—Entonces dime, ¿cómo conseguiste el control del Chateau?

Kira tuvo la verdad en la punta de la lengua, y quiso poder revelarla de una vez por todas. Ya no había motivo para mantener la promesa que había hecho a Edouard unos cuantos años atrás; pero lo que debía sopesar con sumo cuidado eran las posibles consecuencias de confiar en André. Porque si ahora la odiaba, su odio y desprecio se multiplicaría por mil cuando conociera toda la verdad.

—¿Qué, te cuesta organizar las mentiras?

No las mentiras sino la verdad, hubiera podido responder ella.

—En absoluto —repuso ella desviando la mirada y decidiendo que de momento era mejor callar.

Estaba cansada de trabajar largas jornadas para ganarse el lugar que le correspondía por derecho en el Chateau; cansada de estar siempre al margen de la vida de Edouard Bellamy para que su familia no tuviera que pasar por el mal trago de saber que ella era su hija ilegítima. Cansada de recibir sólo migajas del afecto de Edouard, y cansada de tener que discutir acerca del mismo asunto con André.

–Sólo soy una trabajadora que supo invertir en su empresa –dijo ella por fin, repitiendo la excusa que el mismo Edouard había inventado para explicar sus actos.

–¿Recibiste una prima por venir a mi isla y seducirme? –preguntó él.

–Por supuesto que no. Vine a hablar contigo –se defendió ella.

–Eso dijiste, pero encontraste la forma de meterte en mi cama.

–Fue una seducción mutua –le recordó Kira.

–*Oui*, pero no fui yo quien invitó al mundo a ser testigo de nuestra aventura a la mañana siguiente.

Kira negó con la cabeza, sin poder alegar nada en su defensa. A ella el revuelo que se armó le tomó tan desprevenida como a él. De todas maneras, dijera lo que dijera, él tampoco la creería.

–Ni yo.

–Quizá tú no dieras la orden –insistió él–, pero estabas al tanto de las intenciones de Peter.

–Si lo hubiera sabido, te aseguro que no habría venido –le aseguró ella, furiosa ante tanta desconfianza–. Y, te lo digo por última vez, mi abogado me aseguró que tú habías pedido ese encuentro entre los dos.

–Se te da bien lo de mantener las mentiras –dijo él con cinismo–. Quizá luego puedas hacerme pasar el rato

contándome cómo una simple empleada logró hacerse
con el cuarenta y nueve por ciento de un hotel de Las
Vegas como el Chateau Mystique.

Antes de que pudiera responder, la sirena del barco
avisó de que habían llegado a Petit St Marc. André se
incorporó y se puso la chaqueta. Con un suspiro, Kira
recogió las sandalias del suelo, se echó el bolso al hombro y descalza salió a la cubierta del yate.

El paisaje que se abría ante ella la dejó boquiabierta.
Una exuberante selva tropical cubría las laderas y el crá-
ter del volcán extinguido que dominaba la isla de Petit
St Marc. Las palmeras descendían hasta el agua y se
dejaban mecer por la suave brisa del Caribe, en la que
flotaban el olor a sal y la fragancia embriagadora de
las flores exóticas que poblaban la isla.

–Es preciosa –comentó ella al notar la presencia de
André junto a ella.

–*Oui* –dijo él–. Vamos, se hace tarde.

Sin pedirle permiso, André la alzó en el aire y, sin
hacer caso a sus protestas, la bajó del yate y la llevó
hasta uno de los carritos de golf que había en el embarcadero, donde la depositó con sumo cuidado.

Después se quitó la chaqueta, se remangó la camisa
y se sentó al volante.

El vehículo arrancó y Kira contempló con admiración el lujoso complejo turístico. Exquisitos bungalows
de tejados rojos se adivinaban medio ocultos entre la
exuberante vegetación. A lo lejos vio una pequeña playa
de arenas blancas, donde una pareja paseaba de la mano
tan desnudos como el día que llegaron al mundo.

–¿Tienes una playa nudista?

–Tenemos cuatro playas naturales, todas son priva-
das y reservadas de antemano por nuestros clientes
–André esbozó una sonrisa–. En la playa pública la

parte de arriba del bikini es opcional. Aquí somos muy europeos.

—Soy demasiado británica para apreciarlo.

—Aprenderás a disfrutarlo.

En absoluto. Ella no era como su madre.

Kira cerró los ojos para apartar los terribles recuerdos del pasado de su mente. No, ella no era en absoluto como su madre. Inconscientemente se llevó una mano al vientre y lo acarició. Aquel bebé era su futuro.

El vehículo continuó su recorrido pasando varios bungalows y ascendió por la ladera que conducía hasta una imponente mansión en lo alto de una colina. Kira apretó con fuerza la barandilla y trató de dominar el terror que se apoderó de ella. ¡No pensaría llevarla a su casa! Pero cuando el vehículo continuó avanzando y llegó hasta una zona en la parte posterior de la mansión, estuvo segura de que aquélla era la intención de André.

—Preferiría alojarme en un bungalow —dijo ella.

—Los bungalows son para los clientes —dijo él apeándose del coche y metiéndose la llave en el bolsillo.

—Está bien, pagaré como un cliente más —dijo ella—. No viviré contigo.

—No tienes otra opción, *ma chérie*.

Kira se apeó del vehículo y lo encontró a su lado, con un brazo apoyado en el toldo del carrito y otro en uno de los postes.

—No seré tu amante —dijo ella desafiante.

—No te lo he ofrecido.

Era cierto. André no había mencionado nada al respecto, y ella debía sentirse aliviada, no decepcionada. ¿Qué demonios le pasaba?

—Ha sido un viaje muy largo. Ven, te ayudaré a entrar —y sin darle tiempo a apartarse, André la tomó en brazos.

Kira quiso rebelarse, pero sus protestas no sirvieron de nada. André subió los dos escalones del porche con facilidad. En ese momento, el ama de llaves abrió la puerta y le sonrió.

–Buenos días, señor Gauthier.

–Buenos días, Otillie –respondió él con toda naturalidad, como si fuera su costumbre entrar en su casa con una mujer en brazos.

Pero la mujer se plantó delante de él y empezó a soltar una retahíla de palabras en francés que Kira fue incapaz de comprender. Por fin, la mujer alzó los brazos al aire y se alejó murmurando en voz baja.

–¿Ha pasado algo? –preguntó Kira.

–Otillie está enfadada por no haberle avisado de que traía una invitada.

–Deberías haberme dejado alquilar un bungalow.

–Debería haberte echado de la isla la primera vez que viniste con planes de venganza –repuso él sin soltarla.

–¿Por qué no lo hiciste? –preguntó ella, negándose a picar otra vez el anzuelo y enzarzarse en la misma discusión sobre sus motivos para ir a la isla.

–Porque me intrigaste.

Fue un sentimiento mutuo. Kira nunca había conocido un hombre como André. Y nunca había sentido una conexión tan fuerte y poderosa. Para ella había sido mucho más que sexo, aunque tenía la sospecha de que ahí era donde terminaban las similitudes.

André subió las escaleras y se adentró por un amplio pasillo en penumbra. Kira se dio cuenta de dónde estaban. En el pasillo de su dormitorio, el mismo dormitorio donde habían hecho el amor, y del que ella había huido corriendo embargada por la ira y la vergüenza. André pasó junto a la puerta y no se detuvo hasta un par de puertas más allá, una puerta de lamas de madera que abrió empujándola levemente con el hombro.

En el centro de la habitación había una enorme cama con dosel y mosquitera que bailaba suavemente bajo la brisa marina que se colaba por la ventana entreabierta.

André se dirigió directamente a la cama y la dejó en ella con cuidado, aunque la expresión de su rostro evidenciada la cólera que sentía por dentro.

—Soy un hombre muy celoso de mi intimidad —dijo él después, al pie de la cama—. Siempre he mantenido mi trabajo y mi vida íntima en privado, pero en una sola noche me pusiste en el ojo público muy a mi pesar.

—Yo no tuve nada que ver con los paparazis —protestó ella una vez más.

André se pasó una mano por el pelo.

—No esperaba que admitieras tu participación.

—¿Y tú? —preguntó ella—. Tú tienes tanta culpa como yo en la ruptura de tu compromiso.

André soltó una fría y dura carcajada.

—Tú humillaste a mi ex prometida con tu comportamiento.

—No lo hice sola —le espetó ella con irritación—. Y no era yo quien tenía ningún compromiso con ella.

—No me lo recuerdes —dijo él apretando con las manos el pie de la cama y clavándole los ojos en los suyos.

Pero Kira siempre lamentaría ser «la otra mujer», la «amante» que la prensa del corazón se había lanzado a buscar con saña. Era un papel que había jurado no aceptar jamás.

—Pero quiero decirte que lamento profundamente el daño causado a tú prometida.

—¿No me digas? —dijo él burlón.

–Es cierto –le aseguró ella–. Si hubiera sabido que estabas prometido, jamás habría permitido que me tocaras, y mucho menos que me llevaras a tu cama.

–O sea que ahora el malo soy yo, por no habértelo dicho.

–¿Por qué no me lo dijiste? –preguntó ella.

Un tenso silencio se hizo entre ambos. André estaba tan furioso que parecía incluso capaz de matarla con sus propias manos. Kira también estaba furiosa consigo misma por haber seguido el consejo de su abogado y acudido a la isla a una reunión con André que éste aseguraba con todas sus fuerzas que jamás había solicitado.

Aunque no tardaron en terminar entre las sábanas, sin duda André debía reconocer que él era tan responsable como ella, si no más. Porque él estaba prometido a otra mujer.

–¿Te das cuenta del daño que me hiciste? –continuó él–. Cuando lo nuestro se hizo público, mi prometida se puso tan furiosa que retiró la oferta con la que íbamos a unir nuestras dos empresas. Me has costado una fortuna.

Kira palideció, convencida de que estaba exagerando.

–Hablas como si el compromiso no fuera más que una fusión empresarial.

–Eso es lo que era –confirmó él–. Y ahora ya no es nada. Por lo que tienes que sufrir las consecuencias de tus actos.

Aquél era el motivo por el que ahora se había lanzado a la compra del Chateau y a su destrucción, aunque él todavía desconocía la verdadera razón por la que ella le había seguido hasta allí. Él era el padre de su hijo.

Sin otra palabra, André salió de la habitación y cerró la puerta con llave tras él.

Kira saltó de la cama y comprobó que la puerta no se podía abrir.

–¡Abre la puerta! –gritó golpeando la madera–. Tenemos que hablar.

–He dicho todo lo que tenía que decir.

–No puedes dejarme aquí encerrada.

–Ya lo verás.

Kira no quería desesperarse, pero estaba encerrada en una isla con un hombre que sólo quería vengarse de ella, y encima estaba embarazada de él.

Pero si André creía que podría desarmarla, estaba muy equivocado.

Capítulo 4

ANDRÉ se quedó de pie en el pasillo, jadeando y con los puños apretados. No había sido su intención encerrarla, pero en cuanto la tuvo en los brazos y la besó supo que si no se alejaba de ella tendría que poseerla allí mismo. Sabiendo de antemano cuál era la reacción femenina cada vez que se acercaba a ella o la rozaba, el deseo de poseerla era más fuerte que nunca.

Por eso cerró la puerta, para evitar que lo siguiera.

Nunca había sentido una intensidad sensual como aquélla con ninguna mujer. Con Kira había alcanzado un nivel de placer que siempre había temido, pero que siempre había logrado controlar con una poderosa fuerza de voluntad.

Sólo fue una noche de pasión. Sólo una, pero él recordaba cada detalle. El sabor de su piel, la sedosa fuerza de los músculos femeninos tensos contra los suyos, la apasionada reacción a cada caricia de sus manos, de su boca, de su cuerpo.

Pero no, él no repetiría los errores de su padre. Él no se cegaría de pasión por una mujer.

Él no tropezaría en la misma piedra que su padre.

Además, Kira era la amante de su enemigo. Había ido allí para seducirlo, para arrastrar su nombre por el barro. Y lo había conseguido, echando por la borda el negocio más lucrativo de su vida, y dejándolo en ridículo ante su prometida y toda la opinión pública.

Su enemigo había ganado la primera batalla, pero no ganaría la guerra.

Mascullando una maldición, André fue a su dormitorio a darse una ducha para relajarse.

Estaba cansado, excitado y asqueado consigo mismo. Pasar buena parte del día cerca de Kira lo estaba volviendo loco de lascivia.

Entró en el cuarto de baño de su dormitorio y se metió bajo los chorros de agua fría de la ducha. Apoyó las dos manos en los azulejos y bajó la cabeza, dejando que el agua fría rebajara su ardor y su rabia. Las intensas emociones que luchaban en su interior le eran totalmente nuevas, y él detestaba haber vuelto a perder el control con ella.

Sí, aquello tenía que ser similar al infierno que su padre había soportado durante su matrimonio. Y André no estaba dispuesto a pasar por lo mismo.

Repasó la situación. Había llevado a Kira a Petit St Marc, lo que significaba que Peter Bellamy tenía que estar furioso, sabiendo que la tenía prisionera y que él podía utilizar cualquier medio necesario para sacarle la información que quisiera sobre Bellamy Enterprises. Sin embargo, Bellamy no había dado señales de vida. Más aún, había continuado con su vida como si no hubiera ocurrido nada extraordinario. ¿Cuáles eran sus planes?

André no podía descartar que Bellamy hubiera anticipado su reacción, que intentara utilizar a Kira para vencerlo. Quizá por eso Kira no había mostrado mucha resistencia a dejar el Chateau.

Era una posibilidad que no podía ignorar.

Quizá su plan fuera dejar que los paparazis lo sorprendieran de nuevo en la isla junto a la bella y seductora amante de su enemigo. Con rabia cerró el agua, resuelto a no dejarse tomar el pelo otra vez.

Salió al dormitorio chorreando agua y todavía medio excitado. Miró el panel de seguridad, sonrió, y después tecleó los números que desactivaran la cerradura de la puerta de Kira.

La aparente falta de interés de Bellamy ante la desaparición de Kira despertaba sus sospechas. Si ella no intentaba escapar, probablemente se debía a que ya tenía otro plan preparado con Bellamy, en caso de que André intentara utilizar a Kira para hundir a Bellamy.

Pero no volverían a tomarle el pelo. Había alertado a los guardias de que nadie podía acercarse a la isla excepto los clientes del hotel, y había dispuesto patrullas costeras por la misma razón.

Kira apoyó una mano en la puerta del cuarto de baño del dormitorio y sujetó con la otra el pomo de la puerta, con el corazón en un puño. Había sido precisamente cuando iba a darse una ducha, cuando oyó el chasquido de la cerradura de la puerta, aunque no oyó que se abriera la puerta.

Con el corazón latiendo violentamente, escuchó con atención, pero el único sonido que detectó fue el ronroneo del ventilador de techo y los latidos de su corazón.

Esperó la aparición de André con una mezcla de ansiedad y temor, pero la espera fue en vano. Con un suspiro de resignación, salió al dormitorio y comprobó que la puerta podía abrirse desde dentro.

Se asomó al pasillo, pero no vio a nadie.

Sin embargo alguien había descorrido las pesadas cortinas del vestíbulo y abierto las ventanas para dejar entrar la brisa del océano. Aguzó el oído, pero sólo escuchó un ligero murmullo de voces en el piso inferior.

Kira cerró la puerta y paseó nerviosa por el dormitorio. ¿Por qué la había encerrado? ¿Por qué no la dejaba en paz?

No, ella no tendría paz hasta que André aceptara un trato de mutuo acuerdo respecto a su hijo. Aunque, teniendo en cuenta quién era ella, cuando lo supiera la odiaría con todo su ser. ¿Y qué sería entonces del niño?

A ella no le cabía la menor duda de que insistiría en tener un papel fundamental en la vida de su hijo. ¿Y en la de ella también?

Si era sincera consigo misma, tenía que reconocer que quería el cuento de hadas completo: formar una familia con un hombre maravilloso que la amara.

Quería a André.

Él la creía la amante de Peter, su enemigo. ¿Qué pensaba hacer con ella? ¿Qué haría cuando se enterara de la verdad?

La peligrosa fascinación que sentía por él no tenía explicación. En realidad detestaba su infidelidad, su arrogancia, sus continuas intenciones de tomar lo que quería sin pensar en sus sentimientos.

Se llevó una mano al vientre y sintió cómo se le llenaban los ojos de lágrimas. André formaba ya parte de ella, en el hijo que los uniría para siempre, pero ¿qué futuro les esperaba? ¿Encontrarían la forma de solventar sus diferencias por el bien del niño?

André era demasiado dominante.

Demasiado viril.

Demasiado adictivo para sus sentidos.

Ella necesitaba relajarse, desahogar la tensión que la dominaba y buscar el equilibrio emocional para poder enfrentarse a él.

Se acercó a la terraza y vio la enorme piscina que había en el centro de los jardines.

No sabía si tenía que cenar con André o sola en su habitación. La verdad era que no estaba segura de nada, pero pensó que tenía tiempo para nadar unos largos en la piscina.

Rebuscó en la maleta y encontró un sencillo bañador de color coral. Dentro de poco su embarazo no le permitiría vestir algo tan revelador, pensó, así que bien podría aprovechar aquella oportunidad.

Sin darse tiempo a pensar, se puso un bañador y se miró en el espejo. Todavía no se le notaba nada.

Del cuarto de baño sacó una toalla y se envolvió en ella a modo de pareo.

Por un momento permaneció inmóvil, escuchando, temiendo que André apareciera de un momento a otro.

O peor. Que la tomara en sus brazos, la besara y derribara todas sus defensas.

Pero no vio ni oyó a nadie. Sin hacer ruido corrió escaleras abajo y salió al jardín.

Titubeó un momento, hasta que comprobó que no había nadie. Con pasos rápidos se dirigió a la piscina. Allí dejó caer la toalla, se acercó a la parte más profunda y se lanzó de cabeza. Aunque estaba cansada, empezó a nadar, un largo tras otro, con unos movimientos monótonos y controlados con los que intentó borrar la imagen de André de su mente.

André contemplaba el monitor encandilado por la mujer de cuerpo esbelto y atlético que recorría una y otra vez su piscina olímpica. No se había tomado el tiempo para estudiar su cuerpo con imparcialidad. De haberlo hecho, se habría dado cuenta de que tenía un cuerpo de atleta.

El elegante bañador estaba diseñado para minimizar la resistencia del agua, y se pegaba al cuerpo femenino sin dejar nada a la imaginación. Aunque él no tenía que adivinar lo que había debajo.

Recordaba cada centímetro de su piel, cada curva de su cuerpo, y no pudo evitar la fuerte reacción de su sexo mientras la observaba deslizarse elegantemente por el agua una y otra vez. Era como una ninfa marina seduciéndolo con cada movimiento, invitándolo a acercarse. Probablemente ése era su plan, volver a seducirlo, pero esta vez él estaba preparado. Esta vez utilizaría el deseo femenino en su contra. Esta vez daría la vuelta a la partida.

Él era un tiburón, mientras que ella era un elegante delfín, esbelto, veloz y muy deseable. ¿Astuto también?

Se levantó de la silla y salió de la habitación, llevando únicamente unos vaqueros cortos, con los pies y el torso tan desnudo como su excitación.

Con la ayuda de Bellamy Kira había logrado derribar sus defensas. El deseo que sentía por ella pudo más que su control y sus defensas. Nunca se había sentido tan atraído por una mujer.

Pero no volvería a cometer el mismo error. Esta vez conocía muy bien sus intenciones.

Cuando terminara con ella, Kira Montgomery estaría económicamente arruinada y emocionalmente humillada. En cuanto a su amante, él se ocuparía de dejar a Peter Bellamy sin su fortuna y sin su imperio.

Sólo entonces su venganza sería completa.

Kira sintió el cambio en la presión del agua a su espalda, y supo que no estaba sola.

Alguien se había lanzado a la piscina y se abría paso bajo el agua. ¿André?

La idea de que estuviera en la piscina le nublaba los sentidos. Tenía que ser él, porque hasta el agua estaba cargada de una energía nueva y poderosa.

El corazón le latía desbocadamente, y aceleró el paso, resuelta a no dejar que André la alcanzara.

Sacando fuerzas de flaqueza Kira continuó nadando a la misma velocidad concentrándose en alcanzar el borde antes que él.

Tenía que salir del agua. Para enfrentarse a él tenía que estar en tierra firme.

Nadar le había despejado la cabeza, y se alegraba de no haberle contado la verdad. André estaba demasiado furioso para poder razonar con él, demasiado resuelto a seducirla por algún extraño plan de venganza. No era el momento de intentar hablar con él sobre el futuro.

Ya habría tiempo más adelante para explicarlo todo. Ella se ocuparía de conseguirlo, y de hacerle entender que no había tomado parte en los planes de Peter Bellamy. Que ella era tan víctima de sus maquinaciones como él.

Que, a pesar del enfrentamiento entre los Bellamy y él, entre los dos habían creado algo hermoso, y que tenían la oportunidad de un futuro maravilloso.

Pero no era entonces el momento de hablar de ello. Estaba agotada y no se sentía con fuerzas para enfrentarse a él.

Esperaría al día siguiente.

Moviendo los brazos en el agua con precisión, continuó avanzando, ignorando el ardor de los hombros, la tensión de los muslos, y la presión de los pulmones.

Ante ella apareció a lo lejos la intrincada cenefa de mosaico del extremo de la piscina, en tonos rojos, azules y amarillos, cada vez más intensos. Casi había llegado. Casi.

Sin embargo, sintió la presión del agua empujándola desde abajo y, presa de pánico, se dio cuenta de que estaba a punto de colisionar con él. Un enorme tiburón blanco persiguiéndola, preparándose para el ataque.

Unos segundos después, sintió el potente cuerpo masculino alzarse desde el fondo, desplazando el agua y sujetándola por la cintura. Sin poder hacer nada, notó una par de manos fuertes que la alzaban fuera del agua.

La brisa nocturna susurró un momento sobre su piel, y ella le apoyó las dos manos en el pecho para empujarlo, pero el descarnado deseo reflejado en los ojos masculinos la detuvo.

André sonrió, arrogante e irresistible, y acto seguido le tomó la boca con la suya. Kira se rindió con un gemido.

Juntos cayeron de nuevo al agua. André le sujetó el cuello con la mano y juntos se sumergieron bajo el agua, sin separarse, intensificando el beso cada vez más.

Él era su ancla y su perdición, y como en ocasiones anteriores, Kira sintió que el beso le daba vida, llenándola de aliento, lanzando oleadas de pasión por todo su cuerpo, y derrumbando los muros de contención que se había apresurado a levantar.

No había razón para continuar ofreciendo resistencia. André había ganado la batalla.

Ella lo deseaba, y se detestaba por ser tan débil con él.

Sólo un beso y había capitulado por completo ante él. Con sólo un beso André había reducido su mundo a ellos dos y el niño que crecía en su seno.

Pero él todavía no lo sabía.

Dándose impulso contra el fondo de la piscina, André los empujó hacia arriba, hacia el aire.

Y hacia otro enfrentamiento con André.

André era accionista mayoritario de su hotel, y la tenía totalmente en sus manos.

Ella debería temerlo, pero estaba convencida de que él la protegería, incluso a pesar de que su intuición le advertía de que, a nivel personal, sólo ella sería la perdedora.

Incluso sabiendo el peligro que corría, dejó que él le arrebatara el corazón.

Salieron a la superficie, buscando aire, con los cuerpos pegados, el de André desnudo y excitado contra ella, cubierta sólo por el bañador.

—Eres una excelente nadadora —jadeó él muy cerca de su boca.

—Es un buen ejercicio.

Pero ahora ya no era su pasión. Su sueño de competir en deportes acuáticos había muerto hacía mucho tiempo, en principio de forma temporal debido a una lesión, pero más delante de manera definitiva a causa de los planes que Edouard tenía para ella.

No volvería a dejar sus sueños por un hombre, por mucho que lo deseara. Sin embargo, tenía que reconocer que quería tener una familia, que quería ser amada.

André se movió, alzándola para acariciarle los senos a través de la fina tela del bañador. Kira le hundió los dedos en los hombros, temblando y arqueándose hacia atrás, ofreciéndose a su boca.

—Te deseo —dijo él mordisqueando con los dientes uno de los pezones—. Y tú a mí.

Kira gimió, negándose a ocultar o negar lo que sentía.

—Eso es evidente.

Él frunció el ceño, como si sus palabras le irritaran.

—Pero no te haré mía, ahora no.

¿Había escuchado bien?, se preguntó Kira.

La respuesta se la dio él al apartarse de ella, cerrando la puerta al deseo que Kira había visto claramente brillar en sus ojos.

–¿Entonces a qué ha venido esto? –preguntó ella, consciente de que tenía las mejillas encendidas y el cuerpo temblando de deseo.

–Me moría de ganas por un aperitivo –André la dejó flotando en el agua y nadó hasta el borde–. Disfrutaremos del manjar completo más tarde.

Salió de la piscina chorreando agua, totalmente desnudo y excitado.

–No me acostaré contigo.

–Oh, sí, ya lo creo que lo harás –le aseguró él–. Pero esta noche necesito descanso y comida –dijo él deslizando los ojos hambrientos por el cuerpo femenino–. Ahora los dos estamos cansados. Cuando hagamos el amor, será de forma lenta, sensual e interminable.

Kira tembló al escuchar aquella promesa, sin saber cómo reaccionar para no traicionar sus verdaderos deseos.

Tampoco sabía si enfurecerse por su arrogancia, o dejándose llevar por la pasión.

–La cena estará servida en quince minutos –dijo él.

Sin molestarse en secarse, se puso los vaqueros cortos y se alejó hacia la casa sin volver la vista atrás.

Frustrada hasta lo indecible, Kira se lanzó de nuevo a recorrer la piscina de punta a punta, a pesar de que sus músculos le estaban pidiendo a gritos un descanso.

Tras una rápida ducha, Kira se puso un sencillo vestido estampado en tonos azules y un intenso color castaño que hacia juego con los ojos de André. Que pudiera hacer esa comparación confirmaba que todavía seguía en terreno pantanoso con él. Y el hecho de que sus emociones bailaran como en un tiovivo debido al embarazo tampoco la ayudaba mucho.

Tan pronto lo odiaba como deseaba sus caricias, sus besos. Incluso había pensado en iniciar un debate con él, pero rápidamente lo descartó. Su primer enfrentamiento verbal les llevó directamente a la cama.

Teniendo en cuenta cómo se había derretido en sus brazos en la piscina, Kira temió el momento de sentarse frente a él en la mesa. Pero sus temores fueron en vano.

Poco después de sentarse a la mesa con él, André recibió una llamada que no podía esperar

Kira lo miró alarmada. Su primer temor fue que estuviera llevando a cabo las amenazas de destruir el hotel.

–Si tiene que ver con el Chateau... –empezó ella.

–En absoluto –dijo él, y tras apurar la copa de vino, se levantó–. Disfruta de la cena.

Y sin volver la vista atrás, salió del comedor sin tocar la comida.

Kira tenía los nervios a flor de piel. No confiaba en que André le contara la verdad, ya que estaba convencido de que era la vengativa cómplice de Peter Bellamy.

¿Sería por algo relacionado con el Chateau? ¿Y a qué se refería cuando dijo que tenía prueba electrónica de sus maquinaciones con Peter Bellamy? No podía ser cierto, a no ser que alguien la hubiera creado a sus espaldas. Sabía que muchos empleados del Chateau la despreciaban, pero nadie tenía el poder para vender las acciones de Edouard Bellamy.

Nadie excepto Peter. Su hijo y albacea del testamento de su padre. ¿Sería él quien querría arrebatarle su herencia? Kira dejó el tenedor en el plato y se frotó las sienes. Quizá Peter hubiera descubierto su verdadera relación con Edouard, y la odiara tanto como Edouard había predicho.

Desde el accidente de Edouard y su muerte, el mundo de Kira se había venido abajo. Sus acciones habían desaparecido cuando André compró un importante paquete de acciones del Chateau, sus acciones.

Por eso había acudido a la isla la primera vez, para hablar con él, aunque André juraba que él nunca había accedido a aquella reunión. ¿Le habían tendido una trampa?

André estaba convencido de que ella estaba compinchada con Peter para arruinarlo. No era cierto, pero ella no sabía cómo demostrar su inocencia. No sabía qué hacer, ni en quién confiar más allá de Claude, su abogado.

Se apoyó en el respaldo de la silla. Ya se le había quitado todo el apetito, y también la poca energía que le quedaba. Sólo quería meterse en la cama y dormir. Quería olvidarse de aquella pesadilla en la que se había convertido su vida.

Se llevó la mano al vientre. A pesar de sus temores y preocupaciones, sonrió. Por encima de todo, lo más importante era proteger a su hijo. Y la mejor manera de hacerlo era descansar.

Dejó la servilleta en la mesa y se levantó. Su mirada se encontró con la de André.

Como antes, la postura de él era aparentemente indiferente, apoyado en el marco de la puerta, con los brazos colgando a los lados y un pie cruzado sobre el tobillo.

Pero su expresión era sombría e implacable, y en sus ojos se veía una clara expresión de censura. Estaba furioso, y Kira se preguntó si se debía a la conversación telefónica o ella.

—¿Cuánto rato llevas ahí? —preguntó ella.

—Lo suficiente para saber que no has comido prácticamente nada —le reprochó él.

—No tengo mucho apetito —dijo ella.

—Y claro, tienes que procurar que tu cuerpo siga siendo deseable —dijo él burlón.

El bello rostro masculino había aparecido en muchas revistas económicas, pero ella sólo había visto aquella feroz expresión en una ocasión. Hacía tres meses, cuando ella huyó de Petit St Marc.

Desde entonces habían ocurrido tantas cosas. Parecía casi surrealista cómo ella había pasado de ser directora de hospitalidad en Le Cygne en Londres a accionista del Chateau Mystique de Las Vegas, y a inesperada amante de André.

Aunque todo quedaba tan lejos que parecía haber ocurrido en otra vida.

Él estaba furioso, totalmente rígido, con los labios apretados. Su expresión era más la de un pirata sanguinario que la de un magnate internacional.

— ¿Ocurre algo? —preguntó ella al verlo tan tenso.

—Mis guardias han interceptado un grupo de paparazis frente a la isla —respondió él con un encogimiento de hombros, aunque su desconfianza era evidente.

—Eso debería complacerte —dijo ella, sospechando que la presencia de los medios de comunicación era algo frecuente en la isla.

Él se incorporó y entró en el comedor como un depredador cercando a su presa.

–¿Cuánto te paga por continuar con esta farsa? –le espetó él furioso acercándose a la mesa.

–Supongo que te refieres a Peter –dijo ella con una amarga sonrisa–. Pero la respuesta es la misma. No conozco a Peter Bellamy personalmente y nunca he seguido sus órdenes.

–Claro, sólo de Edouard –dijo él escupiendo con rabia las palabras–. Te eligió bien cuando te seleccionó para su hijo –añadió.

Kira sintió ganas de arrojarle la jarra de agua a la cabeza.

–¿Por qué lo odias tanto? –Kira se dio cuenta de que, antes de contar su secreto a André, debía conocerlo mucho mejor.

–¿Por qué? –a la pregunta siguió una cáustica risa carente de humor–. Edouard Bellamy destruyó a mi familia.

Kira sintió náuseas.

–¿Por eso has planeado hacerte con el Chateau y destruir a Bellamy?

–Pura venganza, *ma chérie*.

–Pero Edouard ha muerto.

La heladora sonrisa de André la hizo sentir como si la hubieran arrojado a un mar de hielo.

–¿No sabes que los pecados de los padres recaen siempre sobre los hijos?

Kira logró asentir débilmente, aunque le temblaban las rodillas.

–Pero ¿qué te ha hecho Peter?

–Es un Bellamy.

Aquella respuesta lo decía todo. Porque ella también era una Bellamy, la hija de Edouard. Y su hijo, el hijo de los dos, llevaba la sangre de los Bellamy en las venas. Tenía que huir de Petit St Marc antes de que él descubriera la verdad, antes de que su *vendetta* contra los Bellamy la destruyera a ella y a su hijo.

Capítulo 5

ANDRÉ observaba a Kira con intensidad. Ésta estaba tan pálida que parecía a punto de desmayarse. La vio tambalearse ligeramente, todo por confesarle su intención de destruir el imperio de Edouard Bellamy.

–Ha sido un día muy duro –dijo ella por fin–. Necesito dormir.

Él también, pero estaba furioso por el informe inicial de su detective privado.

–Acabo de descubrir que Edouard Bellamy pagó tu educación y tu coche, y que además te instalaste en el espacioso apartamento que había sido el hogar de Peter durante más de un año.

–¿Me has investigado? –preguntó ella tensa sin ocultar su preocupación.

–Sí.

Era hija de madre soltera, de «padre desconocido», tal y como ponía en su partida de nacimiento, y había sido educada en un exclusivo internado británico.

–Bellamy te dio tu primer trabajo en el hotel de lujo Le Cygne en Londres. ¿Entonces ya eras la amante de Peter?

–¡No! –protestó ella con las mejillas encendidas–. Edouard me ofreció una beca para continuar con mi formación, pero yo conseguí el trabajo por mis notas. No tenía ni idea de que su hijo había vivido antes en el apartamento que me asignaron.

André no creía ni una palabra.

—¿Cómo conseguiste hacerte con el cuarenta y nueve por ciento de Chateau Mystique?

—Ya hemos hablado de eso —repuso ella, sin querer dar más explicaciones.

Girando sobre sus talones, quiso ir hacia la puerta, pero sus pasos eran inciertos y sus movimientos tambaleantes. André la sujetó, alarmado por su palidez y su debilidad.

—Debías haber comido algo más —dijo él.

—No habría podido tragarlo.

—¿Estás enferma? —preguntó él preocupado—. ¿Debo llamar a un médico?

—No, lo único que tengo es sed y cansancio. El médico me dijo que en mi estado debía procurar beber más y... —se interrumpió de repente, al percatarse de que había hablado más de la cuenta.

André clavó en ella los ojos entrecerrados e insistió.

—¿En qué estado?

Kira tragó saliva, pero no apartó la mirada.

—Estoy embarazada de tres meses.

¡Embarazada! André se pasó los dedos por el pelo. De haberlo sabido, de haber tenido la mínima sospecha, jamás la habría obligado a dejar el Chateau.

—Claro, estás embarazada de Peter.

—No, de Peter no —dijo ella zafándose de su mano—. Tú eres el padre.

Era mentira. Tenía que serlo. Pero en su mente apareció la clara imagen de la única vez en su vida que había olvidado usar protección. La había deseado tanto que ni siquiera se le pasó por la cabeza hasta que fue demasiado tarde.

Ahora pagaría las consecuencias. Si era cierto.

—¿Cuándo pensabas decírmelo, *ma chérie*?

–Aún no lo había decidido –repuso ella, recriminándose por no haber sabido guardar el secreto.

Pero ella había sido una hija no deseada, abandonada por su madre y considerada por su padre como una obligación, y no iba a permitir que su hijo pasara por la misma situación.

–Hay pruebas que demostrarán si el hijo que llevas es de tu amante o...

–No pondré a mi hijo en peligro para satisfacer tu curiosidad –le interrumpió ella llevándose una mano protectora al vientre.

–¡*Mon Dieu!* ¿Crees que iba a poner en peligro la vida de un bebé?

–No lo sé –respondió ella sin dejarse avasallar–. No has hecho nada para ganarte mi confianza.

–De acuerdo –admitió André pasándose una mano por la mandíbula, y maldiciendo el leve temblor que le agitaba el brazo.

Seguro que el niño era de Bellamy, pero también podía ser suyo.

–Para mí lo más importante es la salud de mi hijo –dijo ella, y él asintió en silencio–. Déjame volver al Chateau. Tengo que ver a mi médico regularmente...

–Haré que venga un obstetra de Martinica a verte semanalmente...

–¿Semanalmente? ¿No pensarás tenerme aquí secuestrada?

–No secuestrada, pero sí, te quedarás en la isla durante el embarazo.

«Hasta que se demuestre la paternidad», pensó Kira con irritación. Petit St Marc sería su cárcel durante los siguientes seis meses, a menos que ella fuera capaz de derribar el muro de odio que André había erigido. Hasta que ella pudiera ganarse su confianza.

–No era mi intención que te enteraras así –dijo por fin.

–Perdóname si no te creo –dijo él con una amarga carcajada, y la tomó del brazo–. Vamos, te acompañaré a tu habitación.

André no pensaba perderla de vista hasta que tuviera total certeza de que estaba embarazada y de que el hijo era suyo.

Kira despertó cuando ya había amanecido y se desperezó lentamente en la cama. Hacía tiempo que no se sentía tan descansada y suspiró con satisfacción. El crujido de un sillón de mimbre la hizo tensarse. No estaba sola. Se cubrió con la sábana hasta la mandíbula y miró hacia el sillón.

–Buenos días – dijo André poniéndose en pie y acercándose a la cama. Allí dejó una cajita en la mesita de noche–. Creo que estas pruebas son fiables.

–¿Quieres que me haga una prueba de embarazo? –preguntó ella con incredulidad.

–Sí. Y aquí sugiere que se haga a primera hora de la mañana.

Algo que ella sabía perfectamente, ya que ya lo había hecho al principio de su embarazo, para ser confirmado más tarde por su médico. Pero si André quería otra prueba, se la haría.

Diez minutos más tarde André tenía confirmación inequívoca del embarazo.

–Continuarás siendo mi invitada hasta que tengas al niño.

–Querrás decir tu prisionera.

–Si quieres llamarlo así –dijo él yendo hacia la puerta.

Kira no quería montar una escena y dejarse llevar por la histeria, así que respiró profundamente y mantuvo la calma.

–Está bien, puedo trabajar con mi portátil desde aquí sin ningún problema.

–Tu único trabajo hasta que des a luz es cuidar de ti y del niño –dijo él abriendo la puerta.

–Todavía me quedan seis meses de embarazo –protestó ella–. Si no tengo nada que hacer, me volveré loca.

André esbozó una lenta sonrisa cargada de insinuación.

–Yo me ocuparé de que no te aburras, *ma chérie* –le aseguró, y desapareció.

Kira se llevó los puños a las sienes, con ganas de gritar. Si se quedaba allí, acabaría siendo su amante, pero cuando André descubriera que era una Bellamy la trataría con el mismo odio que sentía por Edouard y Peter. Y a su hijo también. Tenía que ponerse en contacto con su abogado y averiguar quién había urdido el plan para que André la creyera cómplice de Peter.

Después de desayunar, salió a dar un paseo por los alrededores de la casa. Petit St Marc era una hermosa prisión, un exuberante bosque tropical de distintas tonalidades de verde y rodeado de una franja de arenas blancas. El mar turquesa se expandía interminablemente hacia el horizonte, salpicado de vez en cuando por el paso de algún que otro barco. Kira caminó por la lengua de tierra que se abría paso hacia el agua y llegó hasta un cayo aislado.

Vio a un guardia de seguridad patrullando la playa, y más cerca de ella un joven caribeño estaba sobre un montículo oteando el horizonte. Kira siguió su mirada y no lejos de la orilla divisó un kayak que se deslizaba sobre el agua con aparente facilidad. Seguramente era lo que el joven esperaba. A lo lejos vio también el inconfundible verde de los árboles. ¿Sería otra isla? Por supuesto. Probablemente el kayak venía de allí.

Cuando el kayak llegó a la orilla, el muchacho de piel morena que lo conducía saltó al agua y con la ayuda del otro joven subió la embarcación hasta la arena. Después, los dos muchachos salieron corriendo y desaparecieron en el bosque.

Segura de que en la otra isla habría un teléfono desde el que llamar a su abogado, Kira ignoró el pánico que sentía a las embarcaciones pequeñas y se acercó al kayak. Con determinación, lo empujó hasta el agua, diciéndose que si un joven adolescente podía manipularlo, ella también.

Una vez en el agua, sujetó con fuerza el remo y lo hundió en el agua, moviéndolo rítmicamente y haciendo avanzar al kayak hacia su destino. Sólo una vez volvió la cabeza para mirar hacia Petit St. Marc, pero continuó remando hacia delante, hacia la pequeña isla que se alzaba ante ella, todavía demasiado distante y pequeña.

Demasiado tarde se dio cuenta de la pared de nubes grises que se acercaba por el horizonte con inesperada velocidad, y el pánico volvió a apoderarse de ella. Sería imposible llegar a tierra firme antes de que rompiera la tormenta.

El viento empezó a levantar olas cada vez más altas, y le hacía difícil mantener el rumbo. Un relámpago rasgó silenciosamente el cielo, como una advertencia muda de lo que se avecinaba. Kira sujetó con fuerza el remo, pensando que quizá aquello era un error que podía poner en peligro su vida y la de su hijo, pero decidida a continuar adelante.

La lluvia no tardó en llegar, en forma de una densa

cortina de agua que la cercaba una y otra vez. Tenía la ropa empapada, y el pelo pegado a la cara y a la espalda. El kayak se llenó de agua. Agotada, continuó remando, consciente de que detenerse significaría el lanzamiento del kayak contra las rocas. Pero cada vez le quedaban menos fuerzas.

Sin saber qué hacer ni adónde dirigirse, a merced del viento y de la lluvia, Kira creyó escuchar el ruido de un motor. ¡Alguien más había salido a alta mar con la tempestad! ¿Sería el padre del joven caribeño que había visto en la playa? ¿Quizá alguien que pudiera ayudarla? Se arriesgó a volver la cabeza, con la esperanza de ver a alguien cerca que pudiera ayudarla. Jadeó de agotamiento, pero comprobó aliviada que alguien había salido en su ayuda.

¡Era André! ¡No! ¿Cómo la había encontrado tan rápidamente?

Pero lo importante era que estuviera allí. Confiaba totalmente en él, aunque sólo fuera para sacarla de las garras de aquella tempestad.

En aquel momento la naturaleza pareció burlarse de ella y una ráfaga de viento volvió el kayak de costado y la fuerza del agua le arrancó el remo de las manos. El viento apagó sus gritos. Y de repente el kayak volcó.

Las olas la envolvieron y arrastraron hacia abajo, y entonces se vio de nuevo ahogándose en un lugar oscuro que le arrancaba la vida.

Su pesadilla volvía a hacerse realidad.

A André se le paró el corazón, aunque sólo fue un momento, y pensó en matarla por hacer semejante locura, por ponerse a sí misma y al bebé en peligro.

Pero antes de estrangularla con sus propias manos

tenía que rescatarla de las olas y llevarla sana y salva a Noir Creux, el islote deshabitado que era una reserva natural. Apagó el motor de la moto acuática y se zambulló de cabeza en el lugar donde la había visto desaparecer bajo las olas, contando los segundos, consciente de que el tiempo era de vital importancia. Buscó a tientas en el remolino y por fin logró rozar unos mechones de seda. Sujetó con la mano la mata de pelo y tiró de ella con él hacia arriba, contra la fuerza de las olas.

Salieron juntos a la superficie, bajo la lluvia y la furia de las olas, y entonces vio el temor y el alivio en los ojos femeninos.

Un mar de emociones lo invadió, pero trató de ignorarlo. No quería sentir por ella nada más que un mero deseo físico. Porque ahora, después de la reunión en la Martinica con su abogado, sabía que Kira no era más que una oportunista, que iba de un benefactor a otro tratando de sacar el máximo provecho.

Pero no con él, y menos ahora que era consciente de que no era más que una encantadora de serpientes que no dudaría en utilizar la debilidad que sentía por ella para tratar de hundirlo.

Pasándole un brazo por la estrecha cintura nadó hacia tierra firme y tras lo que pareció una eternidad, sintió la arena volcánica de la orilla bajo los pies. La lluvia continuaba cayendo con fuerza, y él se dirigió hacia la cueva que se abría tras las rocas. Viéndose por fin a salvo de la fuerza de las olas, André respiró profundamente y la miró.

–¿Te encuentras bien? –se atrevió a preguntar, sin alcanzar a comprender cómo se había atrevido a lanzarse al mar con el pánico que sentía al agua, poniendo su vida y la de su hijo en peligro.

–Sí –respondió ella–. Estamos bien.

Ella y su hijo. Los tres estaban a salvo.

–Sólo quería llamar por teléfono y volver a Petit St Marc.

Sin duda estaba desesperada por ponerse en contacto con Peter y confirmarle que había conseguido su objetivo.

–Habrías esperado una eternidad –respondió él–. Noir Creux está deshabitada. Es un santuario natural bajo protección francesa, y mía.

Kira lo miro con incredulidad.

–¿Tú te ocupas de vigilar un espacio protegido?

–Un espacio protegido y muchas más cosas –dijo él–. Como Chateau Mystique. Por cierto, esta mañana he recibido una llamada ofreciéndome tus acciones, al igual que pasó con las de Edouard.

–Eso es imposible –dijo ella–. ¿Quién te ha llamado?

–Eso no importa.

–Sí, claro que importa, porque mis acciones no están a la venta ni lo estarán nunca.

–Ahora no puedes echarse atrás.

–No es necesario. Nunca he autorizado ninguna venta –dijo ella frotándose los brazos–. Tengo que llamar a mi abogado y detener todo esto antes de...

–Ya es demasiado tarde. He pagado el precio que pedían –dijo él–. Desde hace una hora, Chateau Mystique es mío al cien por cien.

Capítulo 6

KIRA caminó hacia la entrada de la cueva con pies de plomo, sintiéndose helada por dentro. Creía que había sobrevivido a lo peor que podía ocurrirle, pero ¡qué ingenua había sido!

Cuando Edouard la ascendió desde el puesto de directora de hospitalidad de su exclusivo hotel londinense de Le Cygne a importante accionista minoritaria del Chateau Mystique, ella se sintió ansiosa y aterrada a la vez, deseando demostrarle que era capaz de dirigir un hotel de lujo.

Pero apenas había empezado a trabajar allí cuando ocurrió la desgracia de la muerte de Edouard, en un accidente de tráfico que se cobró la vida de su amante y a él lo dejó en estado crítico.

Entonces fue cuando apareció André Gauthier en escena, deseando comprar el Chateau al precio que fuera. Edouard, a través de su abogado Claude, respondió que el Chateau no estaba en venta, pero André insistió. Kira temió que la insistencia pusiera en peligro la recuperación de Edouard y así se lo hizo saber a Claude.

Fue entonces cuando Claude concertó la cita entre Kira y André en Petit St Marc, una reunión de la que André aseguraba no tener ni idea.

Y fue entonces cuando ella se involucró en el debate más apasionado de su vida, y cuando empezó a perder el corazón.

En ningún momento cambió de opinión respecto a la venta del Chateau, aunque sí se rindió a las exigencias sensuales de André.

Al día siguiente de regresar a Las Vegas, Edouard falleció, y ella lo lloró a su manera, porque aunque era su padre, apenas lo conocía.

Edouard le había dejado claro desde su infancia que él se ocuparía de ella, pero que nunca le daría su nombre. Que la mantendría apartada de su familia legítima, y que nunca formaría parte de ella. Ella no debía confesar su paternidad a nadie, y si lo hacía él la desheredaría.

Desde pequeña Kira había obedecido sus órdenes, porque era lo único que podía hacer.

Edouard le ofreció una educación y un trabajo en su hotel londinense, pero la mayor sorpresa llegó cuando la llevó a Estados Unidos y le dio una participación en el Chateau, aunque las acciones no serían suyas hasta después de su muerte.

Para ella eso era suficiente. Tenía grandes planes para mejorar el hotel de Las Vegas, y por fin había tenido la oportunidad de conocer a su padre.

Pero llegó la tragedia, y ahora, gracias a un engaño, André era el propietario de todo.

Y ella no tenía más que falsas promesas.

Kira contempló la lluvia que caía sobre el islote preguntándose quién había podido traicionarla. ¿Habría sido la misma persona que lo había preparado todo para que pareciera que ella había conspirado con Peter Bellamy para arruinar a André? ¿Quién había podido falsificar su nombre para vender sus acciones? ¿Habría hecho lo mismo con las acciones de Edouard?

¿Quién tenía tanto poder? ¿Peter Bellamy?

Según Edouard, cuando Peter descubrió la existencia de Kira se enfureció. ¿Era su hermanastro quien quería arruinarla? Porque si era así, había hecho un buen trabajo, ya que sus planes habían logrado engañar también a Claude, el abogado de Edouard y el suyo.

Recuperar las acciones en los tribunales podría llevar años. Y ella no tenía dinero, ni recursos, sólo el hijo que crecía en su seno.

Sin el Chateau no le quedaba nada, nada excepto el bebé.

¡Qué tonta había sido al creer que podría llegar a entenderse con él!

—¿Cuánto has pagado? —preguntó ella.

—Ya lo sabes.

—¿Cuánto? —insistió ella con la voz quebrada.

El silencio de André se le hizo una eternidad.

—Dos millones de dólares.

Una fortuna, que debería ser suya.

Kira apoyó la cabeza contra la rocosa y húmeda pared de la cueva, sintiéndose hundida por dentro.

No sabía qué hacer, ni cómo enfrentarse a aquella situación.

Contempló la lluvia que caía sobre las rocas, y sintió envidia, pues cada gota sabía cuál era su destino: fundirse con la inmensa masa de agua que era el océano.

No como ella, que no tenía dónde ir, ni a quién acudir a pedir ayuda.

—¿Quién te lo ha vendido? —insistió ella por fin, casi sin voz—. Tengo derecho a saber su nombre.

—¿Cómo quieres que lo sepa?

Kira se volvió hacia él, parpadeando. André estaba medio oculto entre las sombras de la cueva, y Kira no pudo leer la expresión de su rostro.

–No me mientas –dijo ella–. Has tenido que pagar a alguien en el Chateau para que me traicionara. Para que falsificara mi nombre en los documentos sin levantar sospechas.

–Yo no recurro a esa clase de tretas sucias.

–¿Sólo al secuestro?

–No me provoques, *ma chérie*.

–¿Por qué no? –Kira fue hacia él, temblando de rabia y de ansiedad, cansada de su arrogancia y su acoso–. Tú me has quitado mi hogar y mi trabajo. Mi sueño. No me queda nada que perder.

–¿No?

André la rodeó con un brazo y la pegó a él, aplastándole los senos contra el pecho y el estómago contra el vientre plano.

Kira sintió su total dominación y, consciente de que físicamente era mucho más débil, se mantuvo tensa como una estatua, dispuesta a recibir un beso cuya finalidad era dominar, castigar.

André bajó lentamente la cabeza, pero en lugar de la violenta reacción que ella esperaba, deslizó una mano entre los dos y la apoyó sobre el vientre femenino.

Un incontrolable temblor sacudió el cuerpo de Kira, pero su corazón se enterneció.

¿Porque no era aquella mano protectora, cubriéndole el lugar donde su hijo crecía, un indicio de que sentía algo por ellos?

–Pediré la custodia total –dijo él en tono amenazante a la vez que le acariciaba con los labios la suave piel detrás de la oreja.

Fue como si le hubieran clavado una lanza en lo más hondo de su ser.

–No puedes hablar en serio –susurró ella en un hilo de voz.

–Ya lo creo que sí –continuó él sin alzar el tono de voz–. Ahora este niño nos une, pero cuando nazca eso cambiará. Después de lo que has hecho hoy, no se te puede confiar el cuidado de un inocente.

Con los ojos llenos de lágrimas Kira apartó la mirada, pero no se dejó amedrentar. Ningún hombre podía ser tan cruel como para apartar a un hijo de su madre.

–Lucharé contra ti con todas mis fuerzas –le aseguró ella–. Jamás renunciaré a mi hijo.

Un tenso silencio rebotó en las paredes rocosas de la cueva, mientras que en el exterior la lluvia había quedado reducida a una fina llovizna, e incluso el aire había amainado.

–Yo tampoco –dijo él, apretando los brazos a su alrededor antes de soltarla.

Kira se apartó de él, consciente de que las cosas no harían más que empeorar cuando toda la verdad saliera a la luz.

Afuera las nubes empezaban a abrirse dejando pasar tímidamente algunos rayos de sol.

–Tenemos que volver –dijo André dirigiéndose hacia la entrada de la cueva.

–¿Cómo? –Kira no se sentía con fuerzas para volver remando en el kayak, en el caso de que lograran encontrarlo. Probablemente se había hundido para siempre en el mar.

—Con un poco de suerte, la moto acuática habrá logrado superar la tempestad y llegar a tierra –dijo él caminando hacia la playa sin esperarla.

Al salir al exterior, Kira vio a André con el agua hasta la rodilla, inspeccionando una moto acuática que se balanceaba lánguidamente sobre las olas.

André se había quitado la camiseta, dejando al descubierto una espalda bronceada y musculosa, y al verlo desnudo de cintura para arriba, no pudo reprimir la traicionera reacción de su cuerpo: el deseo palpitando entre sus piernas, la sequedad en la garganta, la sangre caliente y acelerada en las venas

Le asustaba reaccionar de aquella manera con un hombre, porque eso la ponía en posición de debilidad y le impedía pensar, y con André era todavía más peligroso.

Estaba cansada de sentirse dominada por hombres poderosos, como le había ocurrido con Edouard. Aquel ciclo tenía que terminar.

Aunque al menos Edouard le había dado carta blanca para incorporar nuevos servicios en el Chateau. Claro que en la situación actual, las largas horas que había dedicado al proyecto de mejora del hotel no servirían para nada.

Había perdido el hotel. Más que perdido, se lo habían arrebatado. Otro sueño destruido, todo por culpa de André.

Pero éste se equivocaba si creía que podría arrebatarle a su hijo. Si no lograba hacerle cambiar de idea, ella desaparecería y no volvería a verla nunca más. Ni a ella ni a su hijo.

Hicieron el trayecto de regreso a Petit St Marc prácticamente en silencio. No sólo el ruido del motor hacía la conversación prácticamente imposible, sino que además André sospechaba que Kira estaba demasiado ocupada en luchar contra los miedos que se apoderaron de ella cada vez que se montaba en una pequeña embarcación acuática.

Sentía los dedos femeninos clavados en el estómago,

la cara pegada a su espalda y el temblor del cuerpo femenino contra el suyo, sin duda a causa del miedo.

Quería odiarla por haberse aliado con Peter Bellamy contra él, pero sin embargo, la deseaba con una intensidad que no había sentido por ninguna mujer hasta entonces. Ni siquiera saber que era la cómplice de su enemigo apagaba su deseo. Tenía las pruebas tangibles de su participación en los planes de Bellamy en la caja fuerte, y sin embargo, la quería en su cama.

Quería oírle gemir su nombre cuando alcanzara el clímax. Quería tenerla rendida de deseo a sus pies.

Al llegar a tierra firme, André la ayudó a desmontar, y entonces vio un brillo de determinación en los ojos femeninos que le intrigó. Seguramente ella ya estaba pensando en la forma de convencerlo para que la dejara formar parte de la vida de su hijo.

–¡*Monsieur* Gauthier!

André miró al joven que corría hacia él con una mano en el aire blandiendo un sobre blanco y sonrió. Probablemente Georges había decidido que la carta necesitaba su atención inmediata, y se había apresurado a llevársela, sabiendo que con eso se ganaría un par de dólares para ayudar a mantener a su madre enferma y sus hermanos pequeños.

–Para usted, señor –dijo Georges entregándole el sobre.

La misiva era de su detective, probablemente el informe definitivo sobre Kira Montgomery. André, que no tenía ganas de subir hasta la casa a buscar algo de dinero para el joven, le lanzó las llaves de la moto.

–Toma, para ti.

El joven atrapó las llaves en el aire y abrió desmesuradamente los ojos.

–*Merci, merci*.

André se volvió a Kira y señaló la puerta que llevaba a su playa privada.

–Demos un paseo.

–¿Vas a dejarle conducir un vehículo tan peligroso?

–Puede hacer lo que quiera con ella. Es suya.

–¿Por qué?

–Porque es leal, y porque me apetece.

Kira echó la cabeza hacia atrás y lo miró con curiosidad y extrañeza, con una expresión de inocencia que a él le sorprendió.

Sin duda Kira Montgomery era una contradicción. Por un lado el retrato perfecto de la inocencia, y por otro la personificación de la sensualidad más exquisita y salvaje. Era una combinación que no había visto nunca en una mujer. ¿Sería posible que Bellamy hubiera sido su primer amante?

La sola idea de imaginarla en la cama junto al viejo Bellamy le dio náuseas. Sin pensarlo, sujetó la mano de Kira y entrelazó los dedos con ella.

Una mujer tan apasionada como ella merecía un hombre viril que estuviera a su altura en la cama, que supiera explorar todas las formas de placer y de entrega.

Un hombre que supiera tratar a una mujer, no pegarla.

Porque él sabía con toda certeza que Edouard Bellamy era todo excepto un caballero con las mujeres, y lo sabía porque había visto las marcas y los golpes en una de las amantes del anciano.

André había escuchado en silencio las excusas que su hermana Suzette daba una y otra vez por el inexcusable comportamiento de Bellamy, pero la joven había seguido con él porque el hombre le había dado todo lo que deseaba. Incluso lo había elegido por delante de su propia familia. Se había enamorado del enemigo.

¿Habría caído Kira en la misma trampa? ¿Sería leal a Edouard Bellamy hasta el final? ¿Le traicionaría por la espalda?

–¿Por qué estás tan enfadado? –preguntó ella rompiendo el silencio.

André la miró y se encogió de hombros, devolviendo el pasado a lo más recóndito de su mente.

–Después de tu aventura en Noir Creux creo que tengo motivo para estar enfadado, ¿no?

–Quizá. Pero he pensado... –Kira sacudió la cabeza con gesto pensativo–. Tenemos que hablar, André.

Él frunció el ceño, sabiendo que ella buscaba palabras tranquilizadoras.

André señaló una enorme hamaca colgada entre dos postes, bajo un frondoso techado de ramas de palmera.

–Por aquí –dijo él–. Yo estaré contigo enseguida.

Kira se mordió el labio, pero no dijo nada y obedeció.

André la observó alejarse, y reparó en que la ropa húmeda ya no se pegaba al cuerpo femenino como antes. Aquél era su principal desafío, porque aunque ella le había mentido, le había engañado, él quería creerla. El deseo que sentía por ella lo dominaba por completo.

Abrió el sobre y leyó rápidamente el breve mensaje escrito en su interior, que terminaba con la frase *quedando pendiente de confirmación definitiva cuando tenga pruebas concluyentes.*

André repasó la carta una vez más, absorbiendo cada palabra, y se tensó. ¿Sería un error?

No, imposible. El detective era muy meticuloso en

su trabajo, y tenía por costumbre cotejar todos sus descubrimientos. Lo que hacía todo aquello mucho más desconcertante.

¿Qué demonios estaba ocurriendo? Se metió la nota en el bolsillo y cruzó la arena blanca de la playa.

Desde el principio supo que Kira actuaba bajo las órdenes de Bellamy, ya que tenía pruebas de su participación. Lo más probable era que Kira hubiera vendido sus acciones en el Chateau para embolsarse el dinero y empezar una nueva vida, para escapar de él y de su venganza, en caso de que su hijo fuera de Bellamy, o de sus garras en caso de que fuera suyo, tal y como sospechaba.

Pero los dos millones de dólares que André había pagado por hacerse con el total control del Chateau parecían haberse esfumado. No estaban ni en la cuenta bancaria de Kira en Las Vegas ni en la que todavía conservaba en Inglaterra. Probablemente lo habría enviado a un banco suizo o a algún otro paraíso fiscal.

Pero para ello habría tenido que dar la orden, y Kira no había tenido acceso a un teléfono para hacerlo, de eso estaba completamente seguro. No, la única forma de hacerlo era haberlo dejado preparado antes de salir de Las Vegas.

No era imposible, ya que ella misma había reconocido haber llamado a su abogado, pero entonces Kira todavía no conocía sus planes. Y además, ¿por qué había rechazado su primera oferta de compra, si pensaba ofrecérselas después por el mismo precio que él propuso al principio?

No tenía ninguna lógica.

Kira no era una frívola mujer de negocios, de eso estaba seguro.

André recordó la sorpresa en el rostro femenino cuando Kira se enteró de que él había comprado el Chateau, y también al escuchar la cantidad que había pagado. La rabia y desolación que la embargó cuando se dio cuenta de que el trato era definitivo.

Y su reconocimiento de que había arriesgado su vida y la de su hijo para poder ponerse en contacto con su abogado y saber la verdad.

Se volvió hacia el frondoso techado de hojas de palmera y la buscó. Kira estaba tumbada en la hamaca, mirando hacia el mar con expresión de infinita tristeza.

André sintió un escalofrío al pensar lo cerca que había estado de la muerte.

Su mujer, su hijo. Casi los había perdido a los dos.

Una extraña sensación de calor lo embargó al pensar que, si ella decía la verdad, pronto sería padre. No Bellamy sino él, André Gauthier.

Era aleccionador.

Con su anterior prometida habían hablado de tener hijos, sí. Ella quería tener dos, pero no más. Y por supuesto no antes de llevar tres años casados.

Él accedió porque era un plan sólido. Un plan controlado, como todos los aspectos de su vida. Porque aquel matrimonio en el fondo no era más que un acuerdo empresarial.

Pero entonces apareció Kira en su vida, vibrante y apasionada, con sus ojos brillantes y la sonrisa espectacular, y su presencia puso de manifiesto lo rígida y estricta que era su vida. También despertó en él rabia y deseo a la vez. La deseó entonces, sabiendo que era cómplice de su enemigo, y la deseaba ahora, sabiendo que quería arruinarlo.

E iba a hacerla suya.

Descalzo se acercó a la hamaca donde Kira estaba tumbada y se quitó la camiseta. Después hizo lo mismo con los vaqueros, y suspiró aliviado cuando su sexo quedó libre.

–¿Qué haces? –preguntó ella con incredulidad, al verlo totalmente desnudo a plena luz del día.

–Ponerme cómodo –dijo yendo hacia ella con un sensual brillo en los ojos que no dejaba duda de sus intenciones–. Quítate la ropa, *ma chérie*.

–¡De eso nada! Alguien podría vernos...

–Aquí no, es mi playa privada. Aquí sólo te veré yo.

André tuvo la satisfacción de ver cómo se dilataban las pupilas femeninas y cómo se le aceleraba la respiración. Era evidente que ella lo deseaba tanto como él, pero no parecía dispuesta a olvidarse de sus inhibiciones ni de su ropa.

Aquélla no era en absoluto la conducta propia de una querida coleccionista de amantes ricos, pero él se había dado cuenta de que Kira no era una mujer normal y corriente. No, era toda una contradicción.

Sexy y tímida.

Apasionada y delicada.

Con desparpajo y reservada.

Se inclinó sobre ella y le acarició lentamente la mejilla con los labios, descendiendo hacia la esbelta columna de la garganta, despertando un sinfín de sensaciones en ella.

Nunca había deseado a una mujer tanto como a ella, pero tampoco nunca se había contenido tanto a la hora de seducirla. Aunque tampoco sabía hasta cuándo duraría su paciencia.

–Te he visto desnuda –murmuró él sin dejar de acariciarla con los labios–. ¿A qué vienen tantos remilgos?

–¿Cómo te atreves a preguntarme eso después de amenazarme con quitarme a mi hijo?

André leyó la firme resolución en los ojos femeninos y casi esbozó una sonrisa. Casi.

–Una cosa no tiene nada que ver con la otra, *ma chérie* –dijo él, a la vez que le desabrochada los botones de la blusa.

Kira le sujetó la mano, deteniéndolo.

–Ya lo creo que tiene que ver con esto, esta pasión entre nosotros. No permitiré que me apartes de mi hijo, de nuestro hijo, André. Ni ahora ni nunca.

La apasionada reacción de Kira le hizo reflexionar sobre sus intenciones.

–Está bien –dijo él por fin–. Tienes mi palabra de que no volveré a mencionarlo.

–Oh...

Kira tragó saliva y lo miró a los ojos, y André vio en su aceptación una prueba de confianza. En él.

–Gracias –dijo ella.

Pero André no quería su gratitud. No quería nada que no fuera compartir con ella aquel deseo mutuo sin vínculos ni promesas.

–Ahora haremos el amor *á la Caribbean Française, oui?*

–Sí.

Una sensación de triunfo le llenó el pecho, junto con otras muchas que no quiso reconocer. Al menos en ese momento.

Le abrió la blusa y recorrió con un dedo el ribete de encaje del sujetador, sorprendido al ver que le temblaba la mano. Kira gimió y le acarició el pecho con las manos, provocándole un temblor de deseo aún mayor.

Mirándola a los ojos, André le desabrochó el sujetador y tomó un seno con la palma de la mano, intrigado por la sedosa textura de la piel, por el pezón duro y erecto que esperaba la caricia de su boca.

–Eres preciosa.

La vio humedecerse los labios con la punta de la lengua y deseó saborearlos, pero fueron sus ojos clavados en él los que le aceleraron los latidos del corazón.

–Soy normal y corriente –dijo ella–, pero tú... tú eres extraordinario.

–No hace falta que me eches piropos para conquistarme.

–No lo estoy haciendo –dijo ella casi sin aliento–. Es que nunca he conocido a un hombre como tú.

–Y no conocerás a otro –dijo él, impulsado por la necesidad de poseerla por completo para siempre.

Hacerla suya, y de nadie más.

Le quitó el resto de la ropa, hasta dejarla tan desnuda como él.

Sí, la espera había terminado. Sería suya ahí, sin más demora, y al infierno con las consecuencias.

Kira se estremeció bajo la sensual mirada de André, entre nerviosa y con una buena dosis de sorpresa. Nunca había pensado que disfrutaría de estar completamente desnuda delante de un hombre que estudiaba cada curva de su cuerpo y cada centímetro de su piel. Y a plena luz del día, en una playa, por muy privada que fuera.

Los ojos masculinos la contemplaban con pasión, sin ocultar lo mucho que la deseaba. Kira se sentía totalmente hechizada por él, y dispuesta a ser esclava de sus deseos.

Por encima de eso, confiaba en que las cosas con él podrían solucionarse, que él la escucharía, y llegaría a convencerse de que no era la mujer calculadora que él la acusaba de ser.

En eso ella confiaba en él. Era suficiente. De momento.

André iba a hacerle el amor, y ella no lo rechazaría.

Deseaba intensamente que él la besara, la acariciara. Pero André continuó de pie junto a la hamaca, recorriendo con los ojos cada centímetro de su cuerpo, provocando en ella sensaciones nuevas e intensas, dejándola sin fuerza de voluntad.

Llevaba tres largos meses soñando con aquel momento, y recordando la maravilla del potente y firme sexo de André dentro de ella, moviéndose con una armonía que no había sentido nunca con nadie. Cuando le hizo el amor la primera vez, Kira sintió que sus corazones latían al unísono en un tándem.

Quería volver a sentir lo mismo. Lo necesitaba.

Las sensaciones que despertaba en ella eran indescriptibles, pero su alma sabía que su unión era perfecta.

André era el hombre de sus sueños en carne y hueso. El padre de su hijo. Y lo deseaba con una intensidad que superaba toda cautela.

Sonriendo le tendió los brazos, sabiendo que moriría si él no la besaba, no la acariciaba, no la amaba. Porque sabía que necesitaba robar aquel momento al tiempo, aquel recuerdo para el futuro, antes de que él supiera la verdad y la despreciara para siempre.

La boca masculina se curvó y sus ojos brillaron. André se tendió en la hamaca y se acomodó a su lado, en perfecta sincronización con su cuerpo, piel con piel, y le apoyó una mano en la cadera, sin moverse, en total sintonía. Kira se concentró en cada matiz del momento, el contacto de la piel, el roce de los músculos duros y firmes contra la carne suave y delicada.

En aquel momento todo parecía perfecto, y eterno, y lo sería hasta cuando él se enterara de que ella era la hija de Edouard Bellamy.

Capítulo 7

KIRA se apartó para hacerle sitio y sintió cómo se le contraían los músculos cuando él deslizó un muslo cubierto de vello entre sus piernas. Ella recorrió con la mano el brazo y el hombro masculino, sintiendo la fuerza de sus músculos bajo la piel.

–Hazme el amor –dijo ella acariciándole los pezones con la palma de la mano, y notando como el aliento masculino se aceleraba y su cuerpo se endurecía.

–Por supuesto –dijo él.

Pero no aceleró las cosas. Kira estaba desesperada por recibirlo en su cuerpo. Lo quería dentro de ella ya, sin pararse a analizar la intensa necesidad que crecía en ella.

Pero era evidente que él no tenía ninguna prisa. Continuó acariciándola lenta y sensualmente, llevándola al borde de la desesperación.

Con la mano le acarició el muslo, y ella se agitó, suplicándole caricias más íntimas, pero en lugar de eso él subió la mano hasta su cintura, y apoyó la palma sobre su vientre, el lugar donde estaba su hijo. El hijo de los dos.

Al ver la tensa expresión del rostro masculino, Kira se preguntó si él sentiría lo mismo. Si sentiría algo más que deseo y la necesidad de mantener el control.

Era el hijo de ambos. ¿Podría él amarlo también?

Kira cerró los ojos, preguntándose si sería capaz de amarla tanto como ella lo amaba a él. ¿O sería como su padre, considerarlo una responsabilidad muy a su pesar, y ocupándose únicamente de sus necesidades económicas?

Para amar a un hijo no era necesario que fuera fruto del amor. Ella adoraría a su hijo; de hecho ya lo adoraba. Por una vez en su vida, tendría alguien a quien amar.

Pero, ¿cómo encajaría André en aquella diminuta familia?

Kira se mordió el labio, temiendo que él considerara a su hijo igual que su padre hizo con ella. Para Edouard Bellamy Kira no había sido más que una responsabilidad no deseada, y a pesar de todo se hizo cargo de su manutención y su educación, aunque a distancia.

Siempre había estado rodeada de desconocidos. Cuando terminaban las clases en el elitista internado, alguien se ocupaba de llevarla a un elegante hotel de Londres donde pasaba las vacaciones con una niñera. Y jamás había celebrado una Navidad o un cumpleaños en familia. Eso no le ocurriría su hijo, su hijo sabría que su madre lo amaba, y tendría un hogar, una madre, ¿un padre también?

–¿En qué estás pensando? –la voz de André interrumpió sus pensamientos.

«En nosotros», quiso decir, pero sabía que eso estropearía el momento. Por eso mintió.

–En lo bien que se está así –dijo, y no mentía.

–Pues esto no es nada –repuso él recorriéndole el torso con el dedo y dejando un rastro de estremecimientos a su paso.

Le tomó un seno con la mano y le frotó el pezón con el pulgar hasta lograr endurecerlo al máximo.

Kira se arqueó contra él, buscando sus caricias, buscándolo con el cuerpo y con la boca.

André bajó ligeramente la cabeza y le acarició los labios con la boca abierta, en un gesto lento y sensual, hasta que sus bocas se unieron en un baile de labios y lenguas tan antiguo como el mar que les rodeaba.

Un océano de sensaciones explotó en su interior, y Kira sintió cómo su corazón se henchía de amor y de gozo. Estaba totalmente embriagada de él, intoxicada de sus caricias.

De repente ella se echó hacia atrás, jadeando.

–No sé si esto es una buena idea.

André se quedó inmóvil, y sólo sus ojos se entrecerraron, dejándole muy claro que no toleraría más manipulaciones por su parte.

–¿Ya no deseas hacer el amor?

Kira negó con la cabeza y dejó que sus manos se deslizaran por el torso masculino y le acariciaran la espalda.

–Aquí no. Esta hamaca es bastante inestable.

Y últimamente ella tenía la mala costumbre de marearse y sentir náuseas.

Más aún desde la excursión a Noir Creux.

Una lenta sonrisa curvó los sensuales labios masculinos y sus ojos brillaron de deseo.

–Pero creía que te encantaba correr riesgos.

–En absoluto –dijo ella. En aquel momento estaba corriendo uno monstruoso–. Soy una inglesa de pro. Lo mío son paseos por parques y senderos conocidos y frecuentados.

–Qué aburrido.

Y solitario. Aunque tampoco iba a reconocerlo en voz alta. Nunca había revelado a nadie la profunda sensación de soledad que le embargaba el alma.

—Bésame otra vez —dijo ella hundiéndole los dedos en el pelo y tirando de él.

—Será un placer.

La boca de André era el paraíso, y su beso tan intenso y embriagador que Kira perdió toda capacidad de pensamiento. Se arqueó contra él y se frotó contra el musculoso pecho masculino como si fuera una gata en celo.

Separó las piernas y él se acomodó contra ella, acariciándole el vientre con el miembro duro y caliente. Un gemido escapó de su garganta, pues lo necesitaba dentro de ella, necesitaba aquella conexión con otra alma, una conexión que no había tenido nunca con nadie.

Arquearse contra él no hacía más que intensificar su frustración, así que le rodeó las caderas con las piernas y se frotó contra él, sin poder soportar más aquel tormento ni querer esperar más.

André apartó la boca con un jadeo y la miró con las pupilas totalmente dilatadas. Susurró algo en francés, con voz grave y pastosa, deteniéndose un momento para acariciarle el lóbulo de la oreja, primero con la lengua y atraparlo después con los dientes, provocando una catarata de pasión por todo su cuerpo.

«Lo quiero».

La letanía se repetía una y otra vez en su corazón, como una canción pegadiza que se apoderara de todos los rincones de su alma.

Gimió frotándose contra él, bajándole las manos por la espalda, acariciándole las nalgas firmes, apretándolo contra ella. Le clavó los dedos en la carne, sintiendo el miembro duro entre las piernas, ardiendo con una pasión que sólo podría calmar él. Si André no le hacía pronto el amor, moriría, pensó.

Como si le hubiera leído el pensamiento, André movió las caderas y la penetró.

–Dios mío, eres perfecta –susurró él deteniéndose momentáneamente para acomodarse a su cuerpo pequeño.

Ella gimió, totalmente enloquecida de deseo, frustrada por la tortura y la insaciable sed de él.

–No pares –jadeó ella, colgándose de él.

Él se movió de nuevo, llenándola por completo y Kira supo que era suya para siempre. Ella lo aceptaba, porque sabía que nunca encontraría aquella unidad con ningún otro hombre. André aceleró el ritmo y la llevó hasta un punto en el que sólo podían sentir, envuelta en una nube de colores que la cegaba. Temblando con la fuerza del orgasmo, Kira lo notó derramarse en ella. Nunca había sentido aquella maravillosa sensación de unidad. André la abrazaba con tanta fuerza que por un momento creyó que eran uno, que ya no existía un lugar donde él terminaba y ella empezaba.

–*Mon amour* –dijo él casi mascullando las palabras.

Ella sonrió y parpadeó para contener las lágrimas, porque él había susurrado el único francés que ella conocía, las únicas palabras que deseaba escuchar.

Se hubiera podido quedar allí el resto del día, pero lo sintió apartarse, y supo que el momento había llegado a su fin.

La hamaca se balanceó bajo ella y Kira se sujetó al brazo masculino. El repentino movimiento la desequilibró, pero no fue al azar. André se tumbó de espaldas y la tendió sobre él.

–Relájate, *ma chérie*. Todavía falta lo mejor.

Ella lo miró a la cara. En su rostro no había rastro de tensión y su sonrisa era ciertamente lasciva. André ya no era el magnate impecablemente vestido que había aparecido en el Chateau sino un pirata caribeño que rezumaba sensualidad por todos los poros.

Totalmente desnudo y excitado bajo ella.

–Enséñame –susurró ella.

Sin soltarla, André se dejó caer sobre la arena blanca y la mantuvo sobre él.

–El aperitivo ha sido maravilloso –dijo ella sentándose a horcajadas sobre el cuerpo masculino. Bajó la cabeza y lo besó en la boca–. ¿Dónde está el segundo plato? –preguntó deslizando las manos sobre el vientre plano y recorriendo la línea de vello moreno que ascendía hasta el pecho.

–Aquí, bajo el cielo azul –dijo él.

Mirándose a los ojos, entre jadeos entrecortados, iniciaron una erótica melodía con sus caricias. Kira deslizaba los pulgares sobre los pezones masculinos, arrancándole gemidos de deseo, mientras él le tomaba los senos y le frotaba los pezones entre el índice y el pulgar. Kira abrió la boca en un mudo suspiro de placer, con la cabeza echada hacia atrás, consciente de que aquel hombre conocía su cuerpo mejor que ella.

«Vive el momento», se dijo. Era lo único que podía hacer, y lo único que quería hacer.

–Hazme tuya –susurró bajando la boca hacia él.

Vio un breve destello de deseo en los ojos masculinos, pero enseguida él clavó los ojos en el mar, a su espalda. Sin saber qué ocurría, notó como él tiraba de ella hacia el suelo y se lanzaba sobre su cuerpo.

–¡Paparazis! –exclamó a la vez que tiraba de una cuerda.

Al instante, una persiana de bambú se desenrolló desde el techado de palmeras hasta el suelo ocultándolos a miradas curiosas, aunque Kira tuvo tiempo de ver la pequeña lancha motora que se mecía cerca de la orilla.

André le lanzó su camiseta.

—Ponte esto.

Kira se la puso mientras él hacía lo mismo con los vaqueros.

Mientras la llevaba hacia el bosquecillo contiguo para evitar que los vieran marcó un número en el móvil.

—Manda a las patrullas, hay paparazis frente a mi playa privada —ordenó al teléfono, caminando entre los árboles y tirando de ella hacia la casa.

—¿Es que no se rinden nunca? —preguntó ella cuando salieron del bosque y caminaron hacia la casa.

—No —dijo él mirándola con suspicacia—. Qué casualidad que hayan aparecido la primera vez que hicimos el amor, la noche que llegaste aquí, y otra vez ahora.

Todas las veces que habían hecho el amor, o habían estado a punto.

—Es como si lo supieran —dijo ella.

Él soltó una carcajada tan cínica y cruel que Kira sintió un escalofrío.

—Lo mismo he pensado yo, *ma chérie*.

—¿Crees que les avisa alguien?

—Sí, ¿y quién entre mis leales empleados podría hacerlo?

Kira movió la cabeza. Ella desde luego no tenía ni idea. Pero entonces vio la mirada acusadora en los ojos masculinos.

—Dios mío, ¿no pensarás que los he avisado yo?

—Alguien ha tenido que hacerlo —dijo él abriendo la puerta de la terraza e invitándola a pasar.

—¡Yo no he sido! —protestó ella, pero él se limitó a mirarla sin responder.

Después de todo lo que habían compartido André

todavía la creía capaz de lo imposible. Continuaba creyendo que ella lo había traicionado.

–Si hubiera tenido alguna manera de llamar no habría arriesgado mi vida remando hasta esa isla –protestó ella–. Habría llamado a mi abogado desde aquí e intentado averiguar quién me ha traicionado.

–Podrías tener un móvil escondido.

Kira apretó los puños, sin poder entender que fuera tan arrogante y tan cínico.

–Sólo tenía un móvil que tú me quitaste en el Chateau. Dios mío, si no me crees, registra mi habitación.

–Ya se ha hecho.

Kira dio un paso atrás, aunque no debería sorprenderse.

Desde sus días en el internado, todo lo que había hecho, dicho e incluso escrito había sido objeto de estrecha vigilancia. Eran las órdenes de Edouard. Por eso ella siempre se aseguraba de triturar documentos en papel y eliminar archivos electrónicos, incluso destruir algo tan inocente como el número de teléfono de una amiga o la nota de una cita para ir a comer con algún conocido.

Pero que André invadiera su intimidad de aquella manera aplastó por completo las frágiles emociones que sentía por él. La orden de que registraran su habitación le recordó que era su prisionera y que él no se fiaba de ella. Al igual que cuando estaba en el internado, estaba a merced de los caprichos de un multimillonario.

–No has encontrado ningún móvil –le aseguró ella.

Él asintió en silencio.

–¿También me has tenido vigilada? –preguntó ella después.

Los sensuales labios masculinos esbozaron una ligera sonrisa, y su silencio resultó de lo más elocuente.

–Estoy cansada, necesito descansar –dijo ella, dirigiéndose a las escaleras.

Lo único que quería era huir de allí, poner una pared entre ellos, aunque en realidad lo que deseaba era poner un continente. Pero ni siquiera eso sería suficiente, porque André siempre formaría parte de ella. Su hijo sería un continuo recordatorio de lo que había amado, y perdido.

Subió deprisa las escaleras. Los pies le pesaban como si fueran de plomo, y las lágrimas que le llenaban los ojos le impedían ver por dónde iba. A mitad del pasillo perdió el equilibrio y tropezó. Echó las manos hacia delante buscando dónde agarrarse, pero un par de brazos fuertes la sujetaron y alzaron en el aire. Sus miradas se encontraron, pero André apartó enseguida la vista y la llevó a su dormitorio, donde la depositó con cuidado en la cama. Después salió de la habitación.

Mejor, no quería estar cerca de él, ni tener que soportar sus reproches.

Pero André volvió minutos después con una jarra de agua fría.

Sirvió un poco de agua en un vaso y se lo ofreció.

–Bebe, he llamado el médico.

–No lo necesito –dijo ella tomando el vaso, con sumo cuidado de no rozar los dedos que tanto placer le habían proporcionado hacía menos de una hora.

–Ya lo creo que sí.

–Y como todo el mundo sabe, en esta isla los deseos del señor Gauthier son órdenes.

Kira le hizo un saludo con el vaso y se quedó mirando a la pared.

–El médico estará aquí dentro de una hora –dijo él.

–¿También te quedarás a ver cómo me examina, o

lo harás a través de las cámaras de vigilancia? –preguntó ella profundamente dolida, pero negándose a dejarse intimidar por él.

–Ninguna de las dos cosas –dijo él, sin negar que en la casa hubiera cámaras y que a veces la había vigilado.

Sin otra palabra, André salió de la habitación y la cerró desde fuera.

Kira cerró los ojos, furiosa. Lo amaba y lo odiaba a la vez, siendo como era consciente de que amar a André Gauthier podría destruirla.

Después de la visita del médico Kira pasó el resto del día en su habitación, comiendo y bebiendo lo que Otillie le llevaba y repasando los detalles de una presentación en la que había estado trabajando para el Chateau.

Aunque ahora el propietario era André, ella necesitaba seguir adelante con el proyecto.

Estaba dándole los últimos retoques cuando la puerta se abrió. Pensando que era Otillie con más agua o comida, continuó trabajando.

La fragancia masculina la envolvió una décima de segundo antes de que lo notara a su lado.

–¿Eso es tu proyecto de renovación para el Chateau? –la voz de André la hizo levantar la cabeza.

–Sí, llevo trabajando en él un mes –respondió ella, aunque probablemente había sido una pérdida de tiempo, ahora que el destino del Chateau ya no estaba en sus manos.

–Me gustaría verlo.

–Tú eres el jefe – dijo ella, adoptando un aire de indiferencia, procurando no emocionarse por el hecho de que a él pudiera interesarle su proyecto.

Si él se percató, no hizo ningún comentario mientras ella guardaba el archivo en un *pendrive*. Al dárselo levantó la cabeza para mirarlo.

Tenía un intenso brillo en los ojos, y estaba tan sexy que ella tembló de nuevo de deseo.

—Pareces muy contento —dijo ella.

—*Oui*. Ya ha empezado.

Ella casi no se atrevió a preguntar.

—¿A qué te refieres?

—He lanzado una OPA contra Bellamy Enterprises —anunció él con satisfacción. Lanzó el *pendrive* al aire y lo recogió de nuevo con una sonrisa.

Kira frunció el ceño, dándose cuenta de las repercusiones que aquello tendría para Peter.

—Así tendrás el control de todo —dijo ella—. ¿Qué harás, fusionar las dos empresas en una gran corporación?

—No. Me quedaré con la docena de propiedades que me interesan y venderé el resto.

Kira sacudió la cabeza, admirando su astucia para vencer a un adversario.

—Peter tendrá que empezar desde cero para amasar la mitad de la fortuna que le dejó su padre.

—Sí, se lo tendrá que ganar con el sudor de su frente.

Algo que nunca había hecho. Peter era el heredero de su padre, mientras que ella había tenido que demostrar su capacidad para ganar las acciones del Chateau.

—¿También tendré que volver a ganarme yo mi puesto en el Chateau? —preguntó ella—. ¿O ya me has despedido?

—No, aún no te he sustituido.

Kira esperó a que continuara hablando, a que le dijera si pensaba mantenerla en su puesto o despedirla, pero él se limitó a mirarla sin expresión.

–¿Te molesta que haya arruinado a Peter? –preguntó él.

–No.

Ahora Kira estaba segura de que Peter era el responsable de la venta de las acciones de Edouard, y de las suyas también. Y que se había visto atrapada en una batalla entre Peter y André en la que no tenía nada que ver.

Aquélla era la historia de su vida. Siempre en un limbo, sin padres que la quisieran. Había vivido a la sombra de Edouard Bellamy, y estaba cansada de ser un peón en sus manos.

Eso fue primero para Edouard, después para Peter, y ahora para André, pensó desolada.

–Pues si no estás triste por tu amante, ¿a qué viene esa cara tan larga, *ma chérie*? –preguntó él.

¿Su amante? Si supiera la verdad...

–Quizá tengas razón. Me entristece que mi amante crea que he venido aquí a arruinarlo, que me he aliado con su enemigo para destruirlo. Me entristece que crea esas mentiras e ignore mis palabras.

–Los hechos no mienten, *ma chérie*.

Con él nunca podría ganar. Nunca.

–Déjame marchar, André. Ya no hay motivo para...

–Estás embarazada de mi hijo –dijo él de pie junto a ella, tan frío como una estatua de mármol–. ¿O hay algo más que quieres decirme?

«Sí, que soy la hija de Edouard Bellamy», sintió ganas de gritarle sin pensar en las consecuencias.

«La hija no deseada, ni amada de tu mayor enemigo».

Si creyera que la amaba... Si pensara que algún día pudiera llegar a...

–Respóndeme, Kira, ¿de qué tienes miedo?

Kira lo miró a los ojos y le habló con el corazón.

–De que cuando ya no te sea útil me apartes a un lado.

André la miró durante un largo y tenso momento, y después la sujetó por el brazo y la pegó a él, bajando la cabeza, tan cerca de ella que Kira vio el infierno de deseo ardiendo en sus ojos.

–No creo que ese día llegue nunca –dijo él, y le capturó la boca con un beso que la marcó hasta el alma.

Entrelazó los dedos largos y fuertes con los de ella y la llevó a su dormitorio. Allí se quitó los pantalones, y Kira tembló al verlo, porque su cuerpo era como una escultura bronceada, cubierta de piel que se estiraba sobre músculos cincelados que brillaban como bronce.

–Eres espectacular –dijo ella.

–Sólo soy un hombre –dijo él. Le quitó la ropa y besó las partes del cuerpo que había desnudado–. Tú eres una diosa de placer y de belleza.

Continuó dejando un reguero de besos por los brazos y por todo el cuerpo. Kira quiso sincerarse con él, decirle la verdad, y abrió la boca para hablar, pero no pudo hacerlo.

–Sólo en tus brazos –dijo por fin, antes de que él se apoderara de su boca.

¿Cuánto tiempo podría durar aquella pasión?, se preguntó.

Una vida no sería suficiente, reconoció mientras él le acariciaba el cuerpo con las manos y tiraba de ella hacia el cuarto de baño, donde procedió a enseñarle una nueva forma de utilizar un jacuzzi.

Era de madrugada y André, tendido en su cama con Kira acurrucada entre sus brazos, era incapaz de dormir.

Habían hecho el amor de forma intensa y apasionada, con una entrega que no había experimentado en su vida.

Él había evitado hablar, porque sus planes eran pasar la noche haciendo el amor con total abandono, y disfrutar de un postre delicioso a saborear después de una copiosa comida. Saboreando cada caricia, cada beso, cada unión.

Pero notaba una desesperación en Kira que lo inquietaba, como si ella temiera que fuera la última vez, e incluso había llegado a ver destellos de remordimiento en sus ojos.

Sí, ella le ocultaba algún secreto, y eso le recomía por dentro.

La posibilidad que más le aterraba era que el hijo fuera de Bellamy, no suyo. A pesar de la pasión que había entre ellos, no podía descartar que Kira eligiera a Bellamy, traicionando su confianza y dejándolo en ridículo una vez más.

André apretó la mandíbula. La ira tensaba sus músculos y erosionaba el exquisito placer que había encontrado en sus brazos. Un placer que nunca había experimentado con tanta intensidad con ninguna otra mujer.

Incluso sabiendo que Kira había sido la amante de Peter, la quería para él. Pero no podía soportar que una mujer ejerciera un poder tan fuerte sobre él, hasta el punto de considerar tener algo más que una aventura con ella.

Porque la realidad seguía siendo que quería a Kira como amante, como esposa, como madre de sus hijos, y deseaba por encima de todo que aquel hijo fuera suyo.

Pero ¿y si no lo era?

Los remordimientos que sentía en ella le quemaban

como un ácido, porque sólo podía significar una cosa. Que cuando fue a la isla a engañarlo ya llevaba el hijo de Bellamy en su seno. Su enemigo era el padre del bebé.

Mon Dieu, ella era el fuego que le quemaba la sangre, la sirena que invadía sus pensamientos, la que había logrado hacerse un hogar en su endurecido corazón.

La quería. Ahora y para siempre.

Pero no podía, ni jamás podría reconocer como suyo a un hijo de Bellamy. Y eso significaría perder a Kira para siempre.

Debería sentirse aliviado, se dijo. Porque sólo cuando se viera libre de ella volvería a tener el control de su vida y de sus emociones.

Y no caería en la trampa que había destruido a su padre.

Así podría escapar de aquella aventura con su honor y su orgullo intacto, con sólo unas pocas cicatrices en el corazón. Una cicatrices que el tiempo curaría.

La olvidaría.

Y así se libraría de la imperiosa necesidad de cubrir su sensual cuerpo de besos, de hundirse en él y olvidarse del mundo. Como deseaba hacer en aquel momento.

Se levantó de la cama y se acercó a la ventana, negándose a escuchar el fatídico canto de sirena ofreciéndole el delicioso néctar de los dioses. Era una trampa, porque las mujeres como ella conducían a los hombres a la ruina.

André escuchó el suave roce de las sábanas de seda y se tensó, luchando contra el impulso de acercarse a ella y rendirse a sus encantos.

−¿Ocurre algo? −preguntó ella con su voz suave y sensual.

–No –dijo él sin volverse.

–No te creo

André apoyó la mano en el alféizar de la ventana y esbozó una burlona sonrisa.

–Duérmete –insistió él.

–Prefiero que hablemos.

Hablar era lo último que él quería hacer. No quería escuchar su confesión. No quería terminar aquel idilio.

Una repentina ráfaga de viento agitó los visillos y llenó la habitación de susurros, de deseos ocultos de los que siempre había huido. Estaba perdido y lo sabía, porque seguía deseándola con todo su ser. Quedarse allí no solucionaría nada. Quizá lo mejor era hablar.

–Está bien. ¿De qué quieres hablar?

La oyó respirar profundamente y le gustó que a ella le resultara tan difícil como a él.

–¿Qué hizo Edouard para merecer tu venganza? –preguntó ella.

Cielos, ¿cómo se atrevía a meter a Bellamy en su cama?

André se volvió hacia ella sin ocultar su irritación.

–Ya te lo dije, destruyó a mi familia.

–¿Cómo?

–Eso no tiene importancia –repuso él–. Nada puede cambiar el pasado.

Porque si hubiera podido hacerlo lo habría hecho. Para empezar no le habría dicho nada a su padre de las correrías de su hermana. En parte él era el responsable y desencadenante de los acontecimientos que llevaron a la muerte de sus padres y a su propio abandono.

–Por favor, necesito saberlo –dijo ella.

André la miró y buena parte de su ira se enfrió. Kira estaba acurrucada contra el cabecero de la cama, con la sábana cubriéndole los senos. Incluso a la luz de la luna su piel estaba exageradamente pálida.

Mirándola, a André le costaba creer que aquella mujer hubiera conspirado con Peter Bellamy para hacerse con el control del imperio de Edouard. Que, al igual que su hermana, hubiera accedido a los deseos de Bellamy con la promesa de heredar el Chateau.

—¿André? —insistió ella—. ¿Por favor?

—Mi hermana era la amante de Edouard —empezó el—. Él la sedujo cuando Suzette tenía quince años.

Kira desvió la mirada y la clavó en la pared. Cuando habló, su voz fue un dolido susurro que reverberó por los nervios de André, a flor de piel.

—¿Y lo odias porque le robó su inocencia? —preguntó ella.

—Así fue como empezó —respondió él, y se preguntó si alguien se había preocupado por Kira cuando Bellamy la arrancó del colegio y se convirtió en su benefactor.

André tenía pruebas concluyentes, por mucho que ella lo negara. A pesar de que ella había terminando siendo la amante de Peter.

—¿Y qué pasó después?

André sacudió la cabeza, con remordimientos por pensar más en Kira que en su propia familia.

Ella debería ser la última persona con quien deseara compartir su mayor dolor y sus peores remordimientos, la última con quien quisiera hablar de su trágico pasado.

—Es complicado —dijo.

—Por favor, continúa.

—Cuando mis padres se enteraron, montaron en cólera y le prohibieron salir con él —dijo él, recordando las acaloradas discusiones de sus padres con Suzette—.

Pero mi hermana estaba encandilada con el dinero de Edouard, y con sus promesas de darle todo lo que quisiera.

–¿Y Edouard continuó cortejándola?

–*Oui*. Una noche huyó para irse con él –André sacudió la cabeza al recordar la noche que había revivido infinidad de veces en su mente–. Yo tenía doce años, y corrí a contárselo a mis padres.

Kira tragó saliva.

–¿Fuiste tras ella?

André se tensó y apretó los puños.

–No, yo no. Mi madre. Mi padre se subió al coche para detenerla, porque mi madre era una pésima conductora. No llegaron al pie de la montaña con vida.

Kira cerró los ojos.

–¿Y tu hermana?

–Más adelante supe que Edouard la esperaba para llevársela a Estados Unidos.

Al Chateau Mystique. En los ojos de André se reflejaba toda la angustia y la desesperación que arrastraba desde hacía años.

–¿Qué fue de ti cuando murieron tus padres?

–Me mandaron a vivir con un pariente lejano.

–Así que te criaste con familiares.

André soltó una risa tan fría y calculadora como el odioso primo de su madre.

–Ellos tampoco me querían. Sólo me aguantaban por el dinero que les llegaba todos los meses por tenerme.

–Sé lo difícil que es esa clase de vida.

–No te lo puedes empezar ni a imaginar. Mientras tú estudiabas piano en un internado de élite, yo trabajaba en la granja cuando la escuela del pueblo no estaba abierta.

André miró por la ventana, hacia la luna que también había sido testigo de muchos de sus sufrimientos.

Cierto que había tenido un tejado donde refugiarse, un pequeño cuarto con un camastro y una mesa, y comida que estaba peor que lo que comían los cerdos que criaban en la granja.

−¿Quién les mandaba ese dinero? −preguntó ella en un hilo de voz.

−Edouard Bellamy. Él pagó para quitarme del medio −continuó él−, y Suzette tampoco hizo nada para evitarlo

Entonces André contaba los días que le faltaban para escapar de aquel infierno, y soñaba el momento de arruinar a Edouard Bellamy.

−Lo siento muchísimo.

−No lo sientas.

André no quería su compasión. Tampoco quería reconocer lo profundas que eran aquellas cicatrices, los remordimientos que le asaltaban por haber corrido a decírselo a sus padres.

¡Qué irónico que Edouard y Suzette, su hermana, hubieran muerto también a causa de un terrible accidente de tráfico!, pensó Kira. ¿Justicia poética? Quizá.

−¿Por qué no puedes olvidar tu venganza? −preguntó Kira.

−Por orgullo, por mi honor −dijo él−. Mi honor exige que vengue a los que han afrentado a mi familia.

Kira sacudió la cabeza con incredulidad.

−¿O sea que juraste arruinar a Edouard porque tu hermana se convirtió voluntariamente en su amante?

Dicho así, parecía de lo más trivial.

André se pasó la mano por el pelo. Odiaba tener que hablar de sus padres. Tanto su padre como su madre fueron dos personas ricas y caprichosas, egoístas, que sólo pensaban en vivir el momento y disfrutar de la vida al máximo. Nunca estuvieron capacitados ni interesados en ocuparse de su fortuna ni de sus hijos. Sólo vivían para el placer del momento y jamás se habían portado con ellos como verdaderos padres.

Probablemente era sólo cuestión de tiempo que sus padres se toparan con un poderoso enemigo. Su madre, para evitar los devaneos de su padre con otras mujeres, inició un peligroso juego de seducción con Edouard Bellamy.

Ni ella ni su padre se dieron cuenta de que Bellamy era un hombre muy vengativo. Cuando éste se dio cuenta de que la elegante señora Gauthier había jugado con él, urdió y llevó a cabo un despiadado plan para arruinar a su padre y acostarse con su hija.

–¿André? –preguntó Kira–. ¿Qué pasó?

–Mi padre construyó el Chateau Mystique para mi madre –continuó él por fin–. Era su regalo, pero antes de estar terminado Bellamy logró hacerse con él mediante métodos dudosos. Yo me limito a recuperar lo que perteneció a mi familia y restaurar nuestro honor.

Kira lo miró durante un largo rato, y después alzó las manos y aplaudió.

–Bravo, André. Has conseguido llevar a cabo tus planes en nombre del honor utilizando métodos dudosos, igual que Edouard.

André se tensó, odiando la comparación. Y odiando que Kira tuviera razón. Pero no era el único.

–Mírate en el espejo, *ma chérie*. Viniste aquí siguiendo las órdenes de Peter Bellamy, y tú eres la que está embarazada. ¿O has olvidado el papel que jugaste hace tres meses para él?

Kira se levantó de la cama totalmente pálida.

–Voy a mi habitación. Aquí hay demasiados fantasmas.

André dio un paso hacia adelante para detenerla, pero se reprimió.

No era el momento. No lograría más que hundirse aún más en el lodo si la tomaba entre sus brazos como deseaba hacer. Si la besaba. Si la amaba. Si buscaba consuelo en sus brazos.

Tenía las emociones a flor de piel.

Mejor mañana, se dijo, viendo cómo ella salía del dormitorio sin mirar atrás.

Al día siguiente tendría todo el control de Bellamy Enterprises, y de Kira Montgomery también.

Capítulo 8

KIRA se acurrucó en la cama hecha una bola, demasiado dolida para llorar. ¿De qué le servirían las lágrimas?

Su padre no sólo había destrozado la familia de André, sino que le había arrebatado todo lo que tenía. Le había quitado a sus seres queridos, y hasta el hotel que el padre de André construyó para su madre. Encima se había llevado a su hermana para convertirla en su querida.

Kira entendía la agonía de André, su rabia, porque ella había pasado por algo similar. Sólo que fue su madre quien la abandonó y la dejó con Edouard.

Desde el día que lo conoció, Edouard se refirió a ella como su «vergonzosa obligación». Kira se consideraba inferior a su familia legítima. Insignificante, y siempre despreciada.

Pensar que se había esforzado tanto para ganarse el cariño de Edouard, su atención, y su amor. Pensar que había estado tan desesperada por encontrar a alguien que la amara que accedió a mantener en secreto su paternidad. Pensar que nunca había contrariado los deseos de Edouard y que jamás se había puesto en contacto con su «verdadera» familia. ¿Por qué?

Sí, André y ella habían sufrido a manos de Edouard Bellamy, aunque temía que André nunca equipararía ambas experiencias. Porque ella era una Bellamy, y no podía hacer nada al respecto.

Un hombre como André jamás perdonaba el engaño, y ella lo había engañado, todavía seguía engañándolo.

Se apoyó una mano en el vientre, acariciando la vida que crecía allí, y se dijo que debía haberle confesado la verdad desde el principio. Al menos así lo hubiera perdido antes de enamorarse tan perdidamente de él.

Pero no lo hizo porque posponer lo inevitable era más fácil que enfrentarse a la verdad. Porque no se atrevía a confiar en que su reacción fuera la correcta. Porque no quería que nada estropeara el apasionado interludio que estaban viviendo, y porque quería prolongar lo inevitable.

Ahora estaba demasiado cansada para pensar, demasiado agotada por la pasión compartida y por los sueños que había tejido de una vida en común con André y su hijo; pero por la mañana iría a buscarlo porque los remordimientos de la mentira la estaban destrozando por dentro.

Tenía que creer que el amor era más fuerte que el odio.

André llevaba sentado en su escritorio desde el amanecer, con los ojos pegados a la pantalla del ordenador. El informe financiero que tenía ante los ojos no parecía tener ningún sentido. Para él no era más que una sucesión incoherente de números al azar.

En lo único que podía pensar era en Kira y en la expresión de su rostro al salir de su dormitorio. ¡Cuán grande fue su sorpresa cuando supo que él era hermano de Suzette! ¡Y cómo se sorprendió él a sí mismo al contarle la verdadera relación entre su familia y Edouard Bellamy! Era algo que no sabía nadie, absolutamente nadie. ¿Por qué había confiado en Kira?

Notó la suave fragancia femenina una décima de segundo antes de que la puerta se entreabriera ligeramente. Levantó la cabeza. Era Kira, con su espesa melena castaña y los ojos brillantes y expresivos.

–¿Estás ocupado? ¿Podemos hablar? –preguntó ella.

Estaba ocupado, y lo último que quería hacer con ella era hablar, sobre todo en aquel estado, pero tampoco quería que se fuera. Necesitaba verla. Tenerla cerca.

–Pasa –dijo poniéndose en pie, con la secreta esperanza de que ella no oyera los fuertes latidos de su corazón–. ¿De qué quieres hablar?

Kira se deslizó en el interior como una sombra y cerró la puerta, con los ojos muy abiertos.

–Anoche dijiste algo... –levantó el brazo con un gesto de nerviosismo y se sentó en el borde de una silla, casi como si estuviera preparada para levantarse de nuevo–. Es algo que no le he contado nunca a nadie –Kira respiró profundamente.

–¿Una confesión? –preguntó él.

–Más bien un secreto.

A André se le hizo un nudo en la garganta, seguro de que era la confesión de culpabilidad que había temido oír, y el brusco y repentino final de su aventura.

Kira respiró profundamente y soltó despacio el aire, armándose de valor para continuar.

–Mi madre era una corista de Las Vegas y mi padre... –frunció el ceño. Tragó saliva. Palideció–. Mi padre...

André sintió lástima de ella y decidió echarle una mano con su confesión.

–He visto tu partida de nacimiento y sé que eres hija ilegítima –dijo él.

Las mejillas de Kira se cubrieron de rubor, pero André no supo si era de vergüenza o de rabia.

–Sí, es evidente que mi madre no debía de saber cuál de sus amantes era mi padre cuando nací.

André la miraba sorprendido. Siempre había imaginado la madre de Kira como una tranquila mujer británica, reservada y tímida, creyendo que Kira había abandonado una vida humilde a cambio del glamour prometido por Bellamy, como le ocurrió a su hermana.

–¿Fue ella la que te mandó a estudiar a Inglaterra? ¿Para alejarte de su vida nocturna y sus aventuras?

Un intenso rubor cubrió las delicadas mejillas femeninas, y entonces André supo que ella había visto mucho más de lo que debía ver una niña.

–Renunció a mi custodia siendo yo muy niña. De hecho, apenas la recuerdo.

–¿Sigue viva?

–No lo sé.

–¿Has intentado buscarla alguna vez?

–No, y nunca lo intentaré.

André le extrañó aquella reacción. Kira era una mujer compasiva, y no apartaría a su madre de su vida sin una razón contundente.

–Supongo que te dio en adopción.

–No, sólo fui una pupila.

Kira retorció las manos y lo miró. En sus ojos se veía todo el dolor y toda la soledad de su infancia, y eso conmovió a André como nunca nada lo había conmovido antes.

–Como te he dicho antes, se cómo te sentías, viéndote obligado a vivir con gente que no sentía ningún afecto por ti.

–Entonces entenderás por qué debo destruir todo lo que ha construido Bellamy –dijo él.

–No, no lo entiendo en absoluto –repuso ella.

No podía hablar en serio.

–No puedo creer que no hayas pensado en la forma de vengarte de tu madre por haberte abandonado –dijo él–. Ni que no hayas deseado castigar al tutor que te encerró en un internado en lugar de hacerte un hueco en su familia.

Kira desvió la mirada, pero no antes de que él viera el destello de rabia que brilló un momento en los expresivos ojos femeninos.

–Encerré a mis fantasmas hace mucho tiempo –dijo–. Sabía que obsesionarme con lo que no podía cambiar me convertiría en una mujer amargada y al final me destruiría.

André tuvo la sensación de que había algo más, que Kira continuaba ocultándole algo, algo que no quería divulgar. Entendía sus reticencias, porque sospechaba que Kira nunca se había permitido un momento de ira contra lo que le había deparado la vida. Estaba condicionada a aceptar su destino.

–¿Te ayudaría hablarme de tus fantasmas? –preguntó él–. Te prometo que yo no los temo.

–André –le suplicó, pálida y con el rostro desencajado, como vencida por su pasado.

André esperó a que ella continuara, pero Kira se mantuvo en silencio.

¡Cielos, cómo deseó rasgar la mortaja que envolvía su pasado y destruir a quien la había hecho sufrir tanto!

Deseó abrazarla, y amarla, y prometerle que todo se arreglaría, que él la defendería de sus fantasmas.

Pero él tampoco pudo superar aquel último obstáculo. Porque, al igual que ella, no estaba acostumbrado a divulgar sus secretos, y mucho menos secretos personales. Por eso todavía no podía confiar en ella, aunque podía ofrecerle una rama de olivo.

–He echado un vistazo a tu proyecto para el Chateau, y me parece fantástico –dijo él.

El rostro femenino cambió y su sonrisa iluminó toda la estancia y también su corazón.

–¿De verdad?

–Sí, pero no es de eso de lo que me gustaría hablar ahora. Me gustaría saber tu opinión sobre un complejo turístico que quiero rediseñar en Cap d'Antibes –dijo él, centrando de nuevo su atención en la pantalla del ordenador–. ¿Conoces la zona?

–Sólo lo que he leído sobre la Riviera Francesa –dijo ella.

Él la llevaría allí. La llevaría a pasear por el casco antiguo, y se lo enseñaría desde el punto de vista de un nativo. Le mostraría el castillo así como las mansiones donde estrellas de cine y miembros de la realeza pasaban sus vacaciones.

La llevaría a casinos abiertos las veinticuatro horas, y haría algo que no había hecho nunca: invitar a una amante a la antigua villa donde nació.

–Por favor, cuéntame más –dijo ella con los ojos muy abiertos, claramente emocionada ante el nuevo reto.

–He comprado un hotel de los años cuarenta. El edificio es magnífico, pero cuando lo modernizaron le quitaron toda personalidad.

–Y tú deseas devolverle su antiguo esplendor –dijo ella con un entusiasta brillo en los ojos–. Es una idea fantástica.

–Te enseñaré los planes... –el sonido del teléfono móvil lo interrumpió.

–*Bonjour* –era el director de La Cachette, el complejo turístico de lujo que tenía en St Barthélemy, una isla caribeña no lejos de allí–. ¿Cómo está?

–Bien. ¿A qué debo este placer?

–En realidad es un pequeño problema.

El director le explicó los continuados incidentes a los que se enfrentaba el hotel por culpa de uno de los empleados, un primo lejano de André.

–¿Philippe no está haciendo su trabajo? –preguntó André.

–No, su trabajo es excelente. Son las señoras. Las corteja y después hay quejas.

André sonrió al imaginar la escena.

–Así que Philippe se dedica a seducir a todas las empleadas, ¿eh?

–Empleadas, clientas, a él no le importa. Pero hemos tenido quejas, y quizás si usted quisiera hablar con él...

–Está bien, llegaré esta tarde. Que preparen mi suite.

André cortó la comunicación y se recostó en el sillón. Se presionó el puente de la nariz con gesto pensativo, irritado por tener que volver a llamar la atención a su primo respecto a sus responsabilidades en el hotel. Y más irritado por tener que dejar allí a Kira.

Aunque una noche lejos de ella quizá lo ayudara a enfriar sus emociones.

–¿Hay algún problema? –preguntó ella.

–Sí, un asunto sin demasiada importancia –la miró a los ojos y vio que todo su entusiasmo anterior se había desvanecido.

¿Era porque sentía separarse de él? ¿O era una farsa?

No, aquella vez no lo iba a engañar. Debería dejarla allí, pero en el fondo quería llevarla con él.

– Tengo que solucionar un pequeño problema en St Barth. Nos vamos dentro de una hora.

Una vez más la sonrisa femenina lo deslumbró.

–¿Yo también? –preguntó ella extrañada.

–Por supuesto.

Sí, a ella también le encantaba la idea de acompañarlo.

La sonrisa de Kira iluminó toda la estancia. André tenía la esperanza de que ella quisiera conocer la isla y el complejo turístico, y estar a solas con él en la romántica ciudad, pero no podía descartar que ella aprovechara la oportunidad para ponerse en contacto con Peter, e incluso huir.

Apretó la mandíbula al considerar ambas posibilidades y decidió proporcionarle la oportunidad de engañarlo. Asimismo decidió encargar a su detective privado una investigación más en profundo sobre ella.

Así tendría su respuesta. Así sabría qué demonios hacer.

Kira estaba acostumbrada a los hoteles de cinco estrellas, pero en el momento en que entró en La Cachette, el hotel de André en St Barth, se dio cuenta de que aquél superaba con creces todo lo que había visto hasta entonces. La estructura de color salmón era mucho más de lo que había leído sobre las suites de lujo que costaban muchos miles de dólares por noche.

A su lado, el Chateau Mystique no era más que un glamuroso hotel de Las Vegas, un edificio de cristal y acero diseñado para dejar boquiabiertos a sus huéspedes, pero que no se podía comparar con las lujosas instalaciones que se extendían sobre el azul turquesa del Caribe.

André marcó el número que daba acceso a un ascensor privado y en cuanto quedaron solos Kira sintió su potente presencia y las sensuales caricias de los ojos masculinos, cargados de promesas.

Pero ella seguía comportándose como una cobarde

y manteniendo su secreto, incluso después de que le pidiera su opinión respecto al hotel de la Riviera Francesa. En aquel momento, notó el cambio en la relación, y no quiso estropearlo.

Después de tres meses habían pasado de secuestrador y secuestrada a apasionados amantes. ¿Serían capaces de encontrar también terreno común en los negocios? ¿Y como padres?

¿Podría haber algo más entre los dos?

Kira deseaba creer que aquello era posible, que André podría estar por encima de su relación con Edouard Bellamy. Que la había invitado a St Barth no sólo para acostarse con ella.

Tenía que confiar en que el amor encontraría la forma de superar tantas dificultades.

Nunca había conocido a un hombre que la cautivara tan por completo, que deseara con tanta desesperación sentir el placer de sus caricias.

La puerta del ascensor se abrió y André, pasándole un brazo por los hombros, la llevó al interior de la lujosa suite privada.

La luz del sol entraba a través de grandes ventanales que ocupaban buena parte de tres de las paredes, que a su vez gozaban de una excelente panorámica del océano que se extendía a sus pies. En el centro, un sofá en piel color crema dominaba la estancia, y junto a la puerta de la terraza una mesa de cristal con dos sillas sobre la que había un jarrón con lirios blancos y ramas de eucalipto.

La mirada de Kira subió por la escalera en espiral que llevaba a la planta superior.

—El dormitorio —dijo él.

—Por supuesto —dijo ella. Recorrió el salón diáfano y no vio ninguna otra puerta—. ¿Hay alguno más?

–No.

Kira se ruborizó. Debería ofenderse, pero lo único que podía pensar era en hacer el amor con él, primero en el sofá y después en el dormitorio.

–¿Deseas algo? –preguntó él.

Ella quería que la tomara, que la hiciera suya, que la amara.

–A ti –repuso ella directamente.

Un brillo iluminó los ojos masculinos.

–Querida mía, me lees el pensamiento, pero desafortunadamente ahora debo ocuparme del asunto que me ha traído hasta aquí.

Kira fue hasta él y le apoyó una mano en el corazón. El fuerte palpitar del pecho masculino le dio valor para preguntarle cuándo volvería.

–En una hora, dos al máximo.

–Quizá aprovecho para hacer unas compras –dijo ella, que no deseaba pasarse un par de horas aburrida en la suite.

–Será mejor que no salgas, no quisiera que te encontrarás con algún paparazis.

La primera reacción de Kira fue de irritación, pero no quería enfrentarse a los fotógrafos.

–Está bien, me quedaré aquí.

–Te aseguro que la espera merecerá la pena –le prometió él, y bajando la cabeza le tomó la boca con la suya en una caricia intensa y posesiva.

Kira respondió con pasión, para que no olvidara su promesa y volviera pronto a su lado.

André terminó el beso demasiado pronto.

–Ponte cómoda, estás en tu casa –dijo él, y desapareció en el ascensor, dejándola sola.

Kira vio la luz verde del ascensor. No lo había cerrado con llave. ¿Lo habría olvidado?

No, André no era de los que cometían aquellos erro-res. Lo había dejado abierto por alguna razón. O quizá no. Quizá había empezado confiar en ella.

Kira sacó una botella de agua con gas del pequeño frigorífico de la cocina y volvió al salón, preguntán-dose si aquello sería una prueba de su lealtad.

¿Sería simplemente que él sabía que no se arriesga-ría a salir de compras y encontrarse con los paparazis? ¿O que estaba seguro de que no huiría de él? ¿De que estaría esperándolo cuando volviera?

Fuera como fuera, André confiaba en ella, o al me-nos había empezado a hacerlo.

Dejó el agua y se rodeó la cintura con los brazos, te-merosa de que su secreto destruyera aquella confianza que empezaba a surgir entre ellos. Porque aunque pu-diera demostrar que no era cómplice de Peter, aún que-daba el hecho de que era la hija de Edouard Bellamy.

No podía hacer nada para evitar lo inevitable.

Cruzó el salón y se dirigió al teléfono y rápida-mente marcó el número de su abogado, pero única-mente obtuvo respuesta de la recepcionista del hotel, que le habló en francés.

–Perdone, no le entiendo –dijo Kira.

La mujer contestó de nuevo en francés, y después colgó.

Sin saber muy bien qué hacer, subió al dormitorio de la planta superior. La estancia era espectacular, con una impresionante vista del Caribe. En el centro, una inmensa cama dominaba el espacio, y por un momento se imaginó tendida sobre las sábanas y entre los brazos de André.

¿Qué le pasaba? ¿Su mundo estaba al borde del co-lapso y ella sólo podía pensar en hacer el amor con André? ¿Acaso pensaba seguir los pasos de su madre?

¡No! Para ella lo más importante era su hijo, incluso más que ella.

Fue a volverse para bajar de nuevo al salón cuando reparó que en un extremo del dormitorio había una pequeña alcoba, y en ella un pequeño escritorio con un ordenador portátil.

Recordó las palabras de André. «Estás en tu casa».

Sin pensarlo dos veces, mandó un rápido mensaje a su abogado, exigiendo saber quién había falsificado su firma para la venta de sus acciones.

Los minutos pasaron lentamente mientras esperaba la respuesta.

Pocos minutos después, Claude respondió con un mensaje que la dejó profundamente preocupada.

Claude había sido el abogado personal de Edouard y ella siempre había confiado en él. Pero ahora, su respuesta le preocupó. En lugar de responder a sus preguntas, le preguntaba a qué estaba jugando.

Ella nunca había jugado a nada. Le habían tendido una trampa y le habían robado las acciones.

El sonido del ascensor le alertó de la llegada de alguien y se apresuró a cerrar el ordenador. Escribió un rápido mensaje a su abogado, pidiéndole que fuera más preciso y repitiéndole que ella nunca había autorizado la venta de las acciones.

Se acercó a la escalera y vio que no era André, sino una mujer con uniforme y una caja que dejó sobre la mesa.

–*Bonjour, mademoiselle* –la saludó al verla con una sonrisa–. Es un regalo para usted. *Monsieur* Gauthier le pide disculpas por la tardanza.

–¿André me ha mandado un regalo?

–Sí –la doncella se volvió hacia el ascensor.

Cuando la doncella se retiró, Kira bajó las escaleras con curiosidad y abrió la nota que venía con la caja.

En ella, André le decía que en lugar de regresar aquella noche a Petit St Marc, pasarían la noche en St Barth y cenarían en el conocido restaurante La del'Impératrice Chambre.

Apenas reparó en el hecho de que no tenía ropa adecuada para aquella cena. Lo único que le pasó por la cabeza fue que pasaría la noche con André en aquella enorme cama, amándolo.

Un delicioso estremecimiento la recorrió. Primero saldrían a cenar, como una cita de enamorados, y después harían el amor.

Con manos temblorosas abrió la caja y quedó boquiabierta al ver un exquisito vestido de noche en seda azul.

Lo alzó y lo contempló estupefacta. Nunca se había puesto nada así, tan indecente, tan seductor, tan atrevido, pero André lo había elegido para ella, y la razón era evidente.

Ella era su amante, y quería mostrarla al mundo, decir a todos que se la había arrebatado a Peter Bellamy.

Su entusiasmo se apagó. No podía ponerse aquel vestido sin perder el respeto hacia sí misma, pero tampoco pudo resistirse a probárselo. Sólo un momento.

Estaba a punto de subir al dormitorio cuando un destello de colores llamó su atención. No podía ser.

Pero sí.

Kira alzó la diminuta prenda de seda y encaje transparente, una braga, y la contempló con los ojos muy abiertos.

¡Ponerse aquello era como no llevar nada!

La caja más pequeña debía de ser zapatos. Con curiosidad para ver qué había elegido, Kira la abrió.

Eran unas preciosas sandalias de tacón alto a juego con el vestido.

Los zapatos eran su debilidad, y no pudo resistir la tentación de probarse todo el conjunto aunque sólo fuera para ver cómo le quedaba.

Nadie lo sabría. Sólo ella.

Corrió escaleras arriba para ponerse el vestido. En cuanto se lo deslizó por encima se vio profundamente atractiva, atrevida y sensual.

El diseño era pura seducción. Estrechas tiras de tela cubrían los senos y se unían al cuello, dejando la espalda al aire, con un escote que llegaba bastante más abajo de la cintura. La seda le acariciaba el cuerpo rozándole los pezones, que se adivinaban erectos bajo la tela, tal y como harían las manos y la boca de André.

Se miró en el espejo, y entonces se dio cuenta de que le faltaban las sandalias. Echó una ojeada al reloj, convencida de que tenía tiempo para probárselas. Corriendo descalza bajó al salón y se las puso. Le quedaban perfectas, como un cuento de hadas.

Otra vez sonó el timbre del ascensor. Quedó paralizada mirando la puerta, con el estómago en un puño. Supo que era André antes de que se abriera la puerta del ascensor y él entrara en la suite.

Al verlo le dio un vuelco el corazón. No tenía ni idea de dónde había sacado el elegantísimo esmoquin negro que llevaba, ni en dónde se había afeitado, pero parecía salido de una revista de moda.

André entró en el salón y al verla se detuvo en seco, con la mano en el aire, a punto de echarse el pelo hacia atrás.

Le clavó los ojos hambrientos y a ella le dio un vuelco el corazón.

Kira sintió cómo se le hinchaban los senos, y notó los pezones erectos bajo la tela de seda.

El corazón le temblaba, henchido de amor. ¿Amor?

«Sí, lo quiero».

Para siempre, y sin remedio.

Le sonrió con todo su corazón y caminó hacia él, odiándose por continuar con el engaño. Pero tampoco quiso estropear aquella noche que podía ser la última.

Aquella noche sería su amante entregada, y lo amaría como si fuera el último día de su vida.

Porque cuando la verdad saliera a la luz ya no habría futuro para ellos.

Cuando se lo contara, la aventura terminaría.

Su vida, sus esperanzas, y sus sueños con André acabarían.

Y con ellos una parte de ella.

André apenas podía respirar. Cuando logró hacerlo, aspiró la fragancia floral de Kira y su esencia femenina.

Cuando compró el vestido sabía que el intenso color zafiro de la tela complementaría perfectamente la melena castaña de Kira, que la delicada seda le acariciaría los senos y le marcaría las caderas, pero no esperaba una imagen tan espectacular y tan tentadora.

Era toda una tentación para los sentidos. Una amante moldeada sólo para él.

¿Y para Bellamy?

Apretó los puños y se le encogieron las entrañas, porque no quería que su enemigo interfiriera entre los dos aquella noche.

Por primera vez en su vida había encontrado a la mujer que quería en todos los sentidos: como amante, como madre de sus hijos, ¿también como esposa?

Cielos, no podía casarse con la amante de Peter, pero la idea de que otro hombre la tocara, incluso que la viera con aquel vestido, lo enfurecía.

Todos los hombres al verla sentirían lo mismo que él, estaba seguro.

No. No iba compartirla con nadie.

Nadie la vería así, con aquel vestido que marcaba sensualmente sus curvas y alimentaba tan salvajemente la imaginación. Nadie excepto él la tocaría, la besaría, la desearía.

Él sería su último amante, ¡porque tenía que ser así!

¡Era así! Ella era suya. Ahora lo sabía. La madre y el hijo eran suyos.

André caminó hacia ella, ya sin hambre de comida, que había sido sustituido por un apetito carnal mucho más fuerte. La tomó del brazo y la pegó a él.

Para aquel momento y para siempre.

–Nuestros planes han cambiado. Nos quedamos aquí.

–Bien –Kira levantó la cabeza para mirarlo–. Yo también prefiero que cenemos aquí.

–Sí, pero más tarde –dijo él deslizándole las manos por la espalda desnuda–. Mucho más tarde.

No podía negar que como pareja Kira estaba muy a su altura. Era capaz de desarmarlo con una inocente mirada, y de acelerarle la sangre en las venas con aquel erótico brillo en los ojos. Como estaba haciendo en ese momento, con la cabeza ligeramente levantada, acariciándose los labios con la lengua, y volviéndolo loco de deseo.

Ella era suya, sin dudas, y sin reservas.

André le tomó la boca jurando que pronto tendría en sus manos su alma y su corazón. Ella se moldeó contra él, rindiéndose por completo a las sensaciones que despertaban cada caricia de su lengua, cada roce de las manos que exploraban ávidamente su cuerpo por encima de la tela.

Pero el vestido no representaba ninguna barrera y André deslizó una mano por dentro del escote de la espalda y acarició con la palma las nalgas apenas cubiertas por el diminuto triángulo de encaje que acompañaba al vestido.

Sonrió al comprobar que llevaba su regalo. Para él. Sólo para él.

Kira se arqueó contra él, pero no se quedó quieta. Con dedos impacientes le desabrochó y quitó la camisa. Le acarició el pecho con la palma de la mano y los pezones con la punta de los dedos, haciéndola gemir.

–La agresividad te sienta bien, querida mía.

–Te quiero desnudo, André. Quiero sentirte moviéndote sobre mí, dentro de mí.

Con un rugido incontrolable André la levantó en brazos y la subió al dormitorio. Juntos cayeron sobre la cama, arrancándose la ropa el uno al otro, rasgando las prendas sin pensar. André se tendió sobre ella duro y excitado, y ella separó las piernas y lo sujetó por las caderas, deseando desesperadamente sentirlo dentro.

–Ahora –suplicó.

–Todavía no.

André le acarició los senos con las manos mientras descendía con la boca por su cuerpo, arrancándole gritos de placer. Metiendo los dedos bajo la delicada tela de encaje, André tiró de la prenda interior hacia abajo centímetro a centímetro, y su corazón se aceleró con fuerza al respirar la fragancia femenina tan cerca. Ella también jadeaba, su hermoso cuerpo totalmente desnudo ante él, los senos hinchados y coronados por dos pezones erectos, y las piernas esbeltas y separadas, impacientes por recibirlo.

–Eres exquisita –susurró él deslizando las manos por los muslos hasta llegar al vello rizado de su sexo.

Ignorando su propia necesidad, André la acarició con los dedos y con la boca, bebiendo su esencia y sintiendo cómo los músculos se contraían y estallaban en espasmos de placer. Sin dejar de acariciarla con los dedos, le cubrió el cuerpo con el suyo y la penetró.

Apretó los dientes e hizo un esfuerzo para ir despacio, para no precipitarse, pero ella tomó el control y le rodeó el cuerpo con las piernas, acoplándolo mejor en su cuerpo a la vez que le acariciaba la espalda con las uñas y se colgaba de él. André se rindió a ella por completo y perdió totalmente el control.

Nada podía parecerse a lo que acababa de haber entre ellos, pensó André momentos después mientras la tenía abrazada, pegada a su costado, después de sentir la pasión más explosiva. Ella era su sol y su luna, su adicción.

Kira se pegó a él y suspiró.

–Te quiero.

La declaración fue un sonido tan apagado que André apenas lo oyó, pero supo que aquello cambiaba las cosas. Eso era lo que él esperaba conquistar: su amor, pero ya no deseaba aplastarla.

No, tenía algo mucho mejor preparado para ella.

La contempló en silencio y entonces estuvo seguro de que era la decisión adecuada.

Iba a pedirle que se casara con él.

Capítulo 9

EL MÓVIL de André sonó temprano a la mañana siguiente. Para no despertar a Kira decidió responder a la llamada en la terraza del salón. Habían hecho el amor de nuevo a altas horas de la madrugada y ella necesitaba dormir. Sonrió al recordar la pasión y el entendimiento entre los dos.

Cuando oyó la voz del detective, su entusiasmo se apagó un poco. Recorrió el horizonte con los ojos y deseó estar arriba con Kira, pero sobre todo deseó no haber ordenado una investigación más completa de su amante.

–¿Ha descubierto algo del dinero? –preguntó.

–Sí, señor. He comprobado mis fuentes para asegurarme de que la información es correcta.

Se hizo un silencio cargado de tensión.

–Suéltelo –dijo impaciente por saber la verdad.

–Tal y como sospechaba, los dos millones de dólares que pagó por el Chateau fueron desviados inmediatamente a una cuenta a nombre de Peter Bellamy –confirmó el investigador.

–¿Está seguro? –preguntó André–. ¿No hay margen de error?

–No, señor –respondió el detective inmediatamente.

André se apartó de la barandilla y entró en el salón, sintiendo la rabia de un volcán. Sus sospechas se habían confirmado.

André sintió náuseas. Era evidente que Kira no le había contado más que mentiras.

Le había jurado una y otra vez que no conocía a Peter Bellamy, pero sin embargo le había traspasado a él el dinero de sus acciones. A su protector.

¿Qué le habría dado Bellamy a cambio?

–Hay algo más –continuó el detective en tono profesional.

–¿Referente a la señorita Montgomery?

–Sí, señor.

André se echó a reír.

–¿Va de mal en peor, no?

–No me corresponde a mí decirlo.

No, por supuesto. Eso le correspondía a él.

–Suéltelo.

–He localizado a la madre de Kira Montgomery –dijo el detective en tono neutro–. Ella jura que el padre de su hija es Edouard Bellamy.

Las palabras estallaron en la cabeza de André como una bomba.

Se sujetó a la barandilla y sintió que algo le arrancaba el corazón del pecho.

Aquella noticia era lo que jamás se hubiera podido imaginar. No se acercaba ni de lejos a ninguna de las posibilidades que se le habían pasado por la cabeza. La noticia lo dejó estupefacto, y le clavó una lanza en el corazón.

Sí, con Kira había estado ciego. Se había dejado engatusar por su belleza, por su falsa inocencia, por su pasión.

Pero ya no más.

–¿Está totalmente seguro? –preguntó André.

–Sólo una prueba de ADN podría disipar todas las dudas, pero he hablado personalmente con la mujer y he hecho un seguimiento de fechas y lugares. En principio todo encaja. Kira Montgomery es la hija ilegítima de Edouard Bellamy.

André dio las gracias al detective y cortó la comunicación.

Al menos en algo le había dicho la verdad: que no era la amante de Peter Bellamy. No, era su hermana.

Y él había permitido que lo cegara con sus encantos y se burlara despiadadamente de él.

Ahora lo entendía todo: Edouard Bellamy le había dado una educación, un trabajo en su hotel londinense primero y el cuarenta y nueve por ciento del Chateau Mystique porque era su hija.

Y después de la muerte de Suzette, Edouard debió darse cuenta de que André intentaría quitárselo.

Pero, según las pruebas que tenía, fue Peter quien mandó a Kira a Petit St Marc.

Peter y ella se habían aliado para hundirlo, pero no económicamente, sino haciéndole el padre de un inocente por cuyas venas corría la sangre de los Bellamy.

Si André mantenía su juramento de destruir a los Bellamy, vería la destrucción de su propia sangre. La destrucción de una vida inocente atrapada en el fuego cruzado.

Salió de nuevo a la terraza y contempló el palacio que había creado, pero no encontró paz en ello.

Había caído a un infierno que destruía la belleza de cuanto le rodeaba. Lo único que veía era a Kira: imágenes de Kira amándolo, retándolo, engañándolo.

La conspiración sólo le dejaba una alternativa: confirmar la paternidad de su hijo cuando naciera y hacerse con su custodia.

Kira era una Bellamy. Ni su amante, ni la madre de su hijo, sino la hija de su enemigo, lo que la convertía también en su enemigo.

Se pasó una mano por la boca, apartando todo resquicio de compasión por ella de su mente. Ella le había engañado, y tendría que pagar por ello.

Daría a luz en Petit St Marc, sí, pero jamás conocería a su hijo. ¡Jamás!

Él utilizaría todos los medios a su alcance para asegurarse de que así fuera.

Kira se arrepentiría de lo que le había hecho hasta el último día de su vida.

A mediodía Kira fue a buscar a André. Durante el regreso a Petit St Marc apenas había hablado con ella y ella estaba demasiado agotada para ofenderse.

Al llegar a la isla, él insistió en que durmiera una siesta.

Kira prefirió no llevarle la contraria, pero apenas pudo dormir.

No podía continuar manteniendo su secreto y decidió ir a contárselo. André estaba saliendo por la puerta cuando ella bajaba las escaleras.

–¿Tienes un momento para hablar?

Él se volvió tenso y la miró con una expresión de dureza que por un momento la hizo flaquear.

–¿Es urgente?

Para ella era vital, pero viéndolo de aquel humor, tomó el camino más fácil, como en ocasiones anteriores. Unas horas más o menos no importaban.

–No, puede esperar –dijo forzando una sonrisa.

–Entonces te veré esta tarde –dijo él, y se fue sin darle ninguna explicación sobre dónde iba.

Sin tener nada que hacer, Kira deambuló sin rumbo por la casa y terminó en la puerta del despacho de André. La puerta estaba entreabierta y entró, con la intención de buscar algún libro en su biblioteca.

Pero el ordenador encendido en el escritorio la hizo cambiar de idea, y rápidamente fue a consultar su correo electrónico. Tenía un mensaje de su abogado.

Cuando lo leyó, apenas podía dar crédito.

Claude, la única persona en quien había confiado, le sugería que si tenía alguna duda podía contratar a un investigador privado. El abogado insistía en que él había visto el documento con su firma autorizando la venta de sus acciones del Chateau.

Y terminaba el mensaje diciendo que, puesto que ella se había deshecho de su participación en el hotel, él como abogado del mismo ya no la representaba.

Salió del correo y con pasos vacilantes volvió a su habitación.

Las cosas empezaban a estar mucho más claras. Probablemente su hermanastro había decidido destruirla y había contado para ello con la ayuda del abogado.

Estaba tan concentrada en tratar de encajar las distintas piezas de aquel rompecabezas que no se dio cuenta de que Otillie había entrado hasta que habló.

–No está bebiendo agua, señorita –dijo Otillie.

Kira miró la jarra llena de agua y frunció el ceño. Tenía la garganta seca, y la cabeza a punto de estallar de tanto pensar y tratar de entender la debacle en la que se veía inmersa.

–Se me ha olvidado –dijo, aceptando el vaso de agua que le ofrecía la mujer.

–Al señor Gauthier no le hará mucha gracia –dijo la mujer.

Aquélla era la última de sus preocupaciones, teniendo en cuenta lo que tenía que decirle a su vuelta.

Bebió el agua y dejó el vaso vacío en la mesa. Entonces vio la caja que había sobre la cama y la señaló.

–¿Qué es esto?

–Un regalo del señor Gauthier –dijo Otillie.

¿Dos regalos en dos días?

¿Así trataba él a sus amantes? ¿O quería pedirle disculpas por su brusquedad?

«Déjate de romanticismo y no te dejes engañar por otro hombre más», se dijo.

Leyó la nota que acompañaba a la caja:

Cena a las siete. Ponte esto.

«Esto» era un exquisito pareo al más puro estilo caribeño en tonos verdes, dorados y marrones.

Kira miro el reloj. Tenía menos de una hora para prepararse, menos de una hora para revelar el secreto que terminaría para siempre su idilio con André.

Cuarenta minutos más tarde, la realidad había apagado todo su entusiasmo. Pero el pareo era precioso. Se lo ató al pecho y se dejó la melena suelta cayéndole en cascada sobre los hombros.

A las siete menos cinco oyó unos golpecitos en la puerta.

Era André. Había ido a buscarla.

Contuvo una nerviosa risa y se alisó el pareo con manos inseguras. Le temblaban las piernas, pero se obligó a caminar despacio hacia la puerta, e incluso logró esbozar una amplia sonrisa de bienvenida al abrir la puerta.

Al verlo se quedó sin aliento. André iba vestido totalmente de negro. Llevaba una camisa de seda negra abierta por el cuello, por donde asomaban algunos rizos de vello negro, y unos pantalones de tela que caían perfectamente sobre las líneas musculosas de sus piernas.

–Estás preciosa –dijo con una sonrisa al verla, sin poder ocultar su admiración.

–Tú también –respondió ella, rezumando amor por todos los poros, a pesar de la sensación de pérdida y desconsuelo que planeaba en el horizonte.

Nunca se había sentido tan aterrada, pero pensó que juntos podrían superar el último obstáculo. Tenían que superarlo.

– Gracias por el pareo. Es precioso.

–Te sienta bien –dijo él.

Deslizó los ojos sobre ella, cual depredador observando una presa fácil. De repente ella sintió el impulso de salir corriendo, de huir mientras tuviera la oportunidad.

Pero entonces él le tendió el brazo, sonrió con la sensualidad que le caracterizaba, y el momento se esfumó.

– ¿Vamos?

Kira asintió y se colgó de su brazo, consciente de la ira contenida en el cuerpo masculino.

Desde la primera vez que lo vio Kira sintió el efecto de su potente sensualidad, pero lo que estaba sintiendo en aquel momento no tenía nada que ver con promesas carnales.

La ira contenida en él era palpable, la misma que notó el día que fue al Chateau y le obligó a marcharse con él.

–¿Qué pasa, André?

–Nada. Todo está perfectamente.

Sin embargo, ella no podía evitar aquella sensación de fatalidad.

André caminaba prácticamente pegado a ella, con la mano apoyada en la cintura, y los dedos extendidos y rozándole casi las nalgas.

Kira se dejó llevar hasta el salón. Allí él la sentó en una mesa totalmente blanca. Ella respiró por fin cuando él se sentó en su silla, frente a ella. Sobre la mesa, un par de candelabros de cristal con largas velas blancas daban un aspecto inmensamente romántico a la escena.

André sirvió una copa de agua con gas para ella y otra de champán para él.

Kira tenía el estómago encogido, y al llevarse el agua a los labios, se dio cuenta de que aquella noche tampoco podría probar bocado.

Tampoco sería capaz de tolerar aquella tensión que la atenazaba.

Notó una gota de sudor en la sien, y sintió que le bajaba por la cara. La secó con la mano, pero no pudo evitar que la mano le temblara, consciente de que André continuaba con los ojos clavados en ella, con una mirada dura e inquisitiva.

Sintió también el sudor en el pecho, y se humedeció los labios totalmente secos. ¿Cómo iba a confesar su secreto estando él de tan sombrío y pésimo humor?

Aquel momento era mucho peor que cuando la obligó a abandonar el Chateau con él. Las manos que tanto placer le habían proporcionado apretaban en exceso la copa, y André la observaba con gesto indescifrable, totalmente rígido.

Él la odiaba porque creía que era la amante de Peter, pero la verdad sería mucho peor. Lo sabía. Por mucho que hubieran compartido una pasión exquisita, por mucho que estuviera embarazada de él, por mucho que se hubiera enamorado de él.

Cuando sus miradas se cruzaron, se le partió corazón. Seguía siendo el hombre más apuesto que había conocido, y era muy consciente de que aquélla podía ser la última vez que compartiera algo con él.

¿Cómo podría empezar?

–Hoy he usado tu ordenador –dijo ella rompiendo el horrible silencio entre ellos.

André bebió un trago de champán y la miró con dureza.

–¿Has vuelto a escribir a tu hermano? –preguntó él.

A Kira casi se le cayó la copa de la mano. ¡Lo sabía! ¡Conocía su secreto! Ahora entendía por qué la miraba con tanta frialdad.

–No –dejó la copa con sumo cuidado, aunque la mano le temblaba tanto que casi fue un imposible–. Nunca le he escrito.

Él hizo una mueca cargada de socarronería y apuró la copa de un trago. Cuando la miró de nuevo, sus ojos eran abiertamente hostiles.

–¿Cuánto hace que lo sabes? –preguntó ella tratando de mantener la calma, sabiendo que su ira podía quemarla viva, con llamas muy distintas a las de la pasión.

Aquel infierno no sólo podía quemarla. Podía matarla.

–Desde esta mañana –dijo él después de apurar la copa de champán y sirviéndose otra.

Tampoco él debía de estar muy tranquilo, porque derramó unas gotas del líquido dorado sobre el mantel de lino blanco.

Kira contempló las burbujas de la copa y pensó que reflejaban perfectamente el torbellino que se había desatado en su estómago.

Se arriesgó a mirarlo y deseó no haberlo hecho, porque su enfado era evidente en la dura expresión de su cara. Nunca se había visto sometida a un escrutinio tan frío, ni nunca había sido objeto de tanta cólera hiriente.

–Pensaba... pensaba decírtelo hoy, después de cenar.

La risa masculina era fría y cortante.

—Por supuesto —dijo él mordaz.

—Es la verdad. Hoy apenas he podido pensar en otra cosa.

Además de recordar los momentos en los que había estado en sus brazos.

—Qué casualidad —dijo él tras una breve y fría carcajada—. Yo también he estado pensando en tu engaño.

Kira miró las manos masculinas. André acariciaba lentamente la tulipa de la copa, y ella sintió que se le endurecían los senos. ¿Cómo podía seguir pensando en sus caricias? Sin embargo, sabía que si él la rozaba caería de nuevo en sus brazos.

El pánico se apoderó de ella. ¡Su cuerpo la estaba traicionando de nuevo! Odiaba el poder que tenía sobre ella, y odiaba verlo en aquel horrible papel de tirano.

Aquello tenía que terminar. No le tenía miedo. Ellos dos eran iguales, le gustara o no.

—Si me lo permites te lo explicaré.

André hizo un magnánimo gesto con la mano.

—Por favor, habla.

Kira bebió otro sorbo de agua. La mano le temblaba, tenía la respiración entrecortada, y apenas podía tragar el líquido, a pesar de que tenía sed. Había sido así todo el día, entre los nervios, la tensión y la incertidumbre apenas había podido tomar nada.

—Debes entender que nunca le he contado esto a nadie —empezó—. Edouard insistió, y yo no pensé en desobedecer.

—Entonces supongo que debo sentirme honrado por ser el primero en oírlo —dijo él. Levantó la copa a modo de saludo y después apuró el contenido de un trago—. Por ti y por tu padre, por tenderme esta trampa. Lo planeasteis minuciosamente, hasta el detalle de quedarte embarazada.

–¡No ha habido ningún engaño ni ninguna conspiración por mi parte! –protestó ella–. Vine aquí para hablar contigo sobre el Chateau. ¿Cómo te atreves a insinuar que quería tenderte una trampa?

–Qué buena manera de empezar, con una mentira –dijo él añadiendo otra acusación más.

Kira cerró los ojos un momento, sabiendo que para él el gesto sería un claro indicio de culpabilidad, aunque ya no le importaba. Sabía que no escucharía sus negativas. Creería lo que quisiera creer. Eso ya lo había decidido.

La puerta se abrió y la doncella entró a servir la cena. Kira miró la exquisita comida y supo que no podría probar bocado.

Dejó la servilleta sobre el plato.

–No tiene sentido continuar hablando –dijo–. Sabes la verdad y ya me has condenado sin escuchar mi versión. Que aproveche –dijo, y se levantó, rezando para que no le flaquearan las piernas.

–Siéntate –la orden fue como el azote de un látigo.

Kira se agarró al borde de la mesa, clavando las uñas en la pulida superficie.

–Si me escuchas me quedaré.

Él se inclinó hacia delante, mirándola fijamente a los ojos, encolerizado.

–Te quedarás tanto si te escucho como si no te escucho.

–Está bien. Golpéate el pecho todo lo que quieras –Kira se dejó caer en la silla, vencida y sin fuerzas–. ¿Cómo lo has sabido?

–Un detective privado ha localizado a tu madre.

Kira lo miro sin pestañear, y no pudo evitar una carcajada de incredulidad.

Qué irónico, que la misma persona que la había abandonado veinte años atrás regresara de nuevo para arruinarle la vida.

–O sea que todavía vive –dijo con amargura de la mujer que tanto daño le había hecho, pero que había logrado apartar de su vida, hasta entonces–. Espero que le hayas pagado bien por la información –añadió dolida–. A mí ya me sacó mucho hace muchos años.

–¿Qué quieres decir?

–Me vendió a mi padre, lo que es bastante incomprensible, ya que él tampoco me quería.

Algo cambió en los ojos masculinos, un brillo cálido. ¿O era sólo el reflejo de las velas?

Kira ya no sabía qué pensar. Le dolía la espalda y el corazón. Por dentro se sentía como si le hubieran dado una paliza. Cada movimiento requería un gran esfuerzo. Sólo el hecho de estar allí sentada, de hablar, de respirar, de pensar en lo que había pasado, de preocuparse por lo que iba a pasar la dejaba sin energía.

–Cuéntamelo –dijo él.

Kira negó con la cabeza. Ya no había motivo para divulgar un secreto que había mantenido oculto toda la vida, al igual que su dolor.

–Cuéntamelo, *ma chérie* –dijo él con la voz más suave, más íntima.

Kira se secó la lágrima que se le escapó del ojo, pero rápidamente se formó otra, y después demasiadas para detenerlas.

Lo que era una tontería, porque no recordaba haber llorado jamás por su madre. Ni una sola vez.

–Yo fui un accidente. Ella nunca me quiso, pero por alguna razón que no acierto a comprender me tuvo con ella durante unos años. Hasta que tuve un accidente en un barco y me lesioné –frunció el ceño, recordando con excesiva claridad el incidente–. Edouard me dijo que fue entonces cuando me ofreció a él, a cambio de dinero.

–¿Cuántos años tenías?

–Casi cinco.

–Fue entonces cuando te llevó al internado.

Kira asintió con la cabeza.

–Sí, pasé el resto de mi infancia y adolescencia entre el internado y niñeras que se quedaban conmigo en las vacaciones.

Kira desvió la mirada, porque no había nada más que contar. En aquellos años se dedicó a estudiar y a leer, y había visto a Edouard una o dos veces al año, según le apetecía.

Y siempre soñaba con tener una familia algún día. Tener alguien en su vida que la quisiera, que la amara y que ella pudiera amarla a su vez.

Se llevó la mano al vientre para acariciar a su hijo. Pronto su sueño se haría realidad.

André la estudió en silencio, seguro de que continuaba mintiendo.

–¿Qué te iban a dar por seducirme? –preguntó.

–Nada, porque no había ninguna conspiración –le aseguró ella.

–La verdad, por favor.

Kira apoyó las dos manos en la mesa. Sus fuerzas y su paciencia se habían agotado.

–Es la verdad.

André soltó una maldición y poniéndose en pie de un salto, con los puños apretados, salió del salón. Kira apoyó la cabeza en las manos y suspiró, sintiéndose cada vez más mareada, con el estómago hecho un nudo, y sin fuerzas para volver a su habitación.

Unos pasos le hicieron levantar la cabeza. André había vuelto y dejó un montón de folios ante ella.

–A ver si puedes negar esto.

Kira vio el membrete y reconoció su dirección de correo del hotel. En la parte superior había una dirección que ella desconocía.

Leyó la primera nota y palideció. Después otra, y otra.

No podía ser...

Pero sí, ésa era la prueba electrónica de la que André le había hablado. Las pruebas de que Peter Bellamy y ella habían conspirado para lanzar una campaña contra él. Con todos los pasos del plan, incluidos los detalles de su intención de ir a la isla a seducirlo mientras Peter alertaba a los paparazis.

Pero ella no había escrito ni una sola de las notas firmadas con su nombre, ni había mantenido aquella conversación con Peter.

Y desde luego no se había propuesto quedarse embarazada de él.

Todo aquello era falso.

Ella no había escrito ni una sola palabra de aquella correspondencia, pero se había enviado desde su dirección de correo electrónico, utilizando su firma electrónica.

¿Cómo podía demostrar que ella no había participado en aquello?

No podía.

A pesar de todo, levantó la cabeza y simplemente dijo:

–Yo no he escrito esto.

Capítulo 10

ANDRÉ esperaba la negativa, pero cuando la oyó de sus labios casi la creyó.

Casi.

La debilidad que sentía por ella lo asqueaba.

Kira se levantó con dificultad y trató de dar un paso hacia él, aunque tuvo que sujetarse de nuevo a la mesa, tan pálida como el delicado mantel de lino.

Él tuvo que apretar los puños a los lados para reprimir el impulso de abrazarla y besarla, de acariciarla, tirar el mantel de la mesa y hacerle el amor allí mismo.

Decirle que todo se arreglaría, que la perdonaba, que la amaba.

Pero había jurado no decir jamás aquellas palabras.

—Esos correos no los he escrito yo —le aseguró ella con los ojos llenos de lágrimas—. Han sido escritos por otra persona.

Él se echó a reír

—¿Usando tu correo electrónico, tu firma electrónica?

—Alguien tuvo que meterse en mi cuenta —dijo ella y frunció el ceño.

André no la creía. Había descubierto su mentira, y ahora ella tenía miedo.

Pero él tampoco sabía cómo continuar. Esta vez no sentía la satisfacción que normalmente sentía cuando lograba vencer a un enemigo. Porque al hacerle daño a ella, hacía daño a su hijo, y eso no podía soportarlo.

¡Cómo odiaba aquella situación! ¡Era insoportable!

–Sólo una persona tiene acceso a tu cuenta, y esa persona eres tú –André señaló los correos con la cabeza–. Reconócelo y termina con las mentiras de una vez.

Kira negó lentamente con la cabeza, mientras enormes lagrimones descendían sin control por sus mejillas. A él se le hizo un nudo en el alma, y hundió las manos en los bolsillos para no estirar el brazo y secarle las mejillas, abrazarla y consolarla.

Debía estar contento. Lo había conseguido. Había derrotado a su enemigo, había ganado la partida, pero fue un triunfo vacío.

La vio respirar profundamente, cuadrar los hombros y alzar la barbilla con orgullo y con determinación, a pesar de que le temblaba todo el cuerpo. Fuerte y orgullosa, dos cualidades que admiraba en ella.

–¿Podrías haberme amado algún día?

–¿A la hija de mi enemigo? Jamás –dijo él.

Kira se encogió, como si la hubieran abofeteado.

–Entonces déjame marchar, André. Déjanos marchar –le suplicó–. Porque si no puedes dejar a un lado el odio que sientes hacia mí, tampoco podrás hacerlo con nuestro hijo.

Él la miro con incredulidad, aunque la misma idea había pasado por su mente. No podía vivir con ella, y tampoco estaba seguro de poder vivir sin ella.

–Una cosa no tiene nada que ver con la otra.

–Te equivocas. ¿Puedes decir con sinceridad que no te preocupa que tu hijo lleve la sangre de los Bellamy en las venas?

Era la misma duda que le había asaltado a él. André cruzó el salón y abrió la puerta de la terraza. En silencio, contempló los cuidados jardines cuya fragancia no se podía comparar con el sutil olor que era únicamente de Kira.

¡Qué fácil sería poner el placer por delante del honor! ¡Qué fácil abrazarla, amarla, olvidar aquella noche!

Pero sus diferencias seguirían estando presentes al día siguiente.

Por mucho que quisiera no podía olvidar, y ella le había engañado de la peor manera posible.

André amaba con todas sus fuerzas y odiaba con la misma intensidad. No había medias tintas.

Amaba a Kira y la odiaba a la vez. Y las dos emociones lo estaban desgarrando por dentro.

–Déjame volver al Chateau, por favor –suplicó ella–. Déjame volver a mi trabajo.

–Eso ni hablar –respondió él–. Tu único trabajo los próximos seis meses será cuidarte y cuidar de mi hijo.

–No pienso quedarme aquí –dijo ella con los ojos muy abiertos–. Lucharé contigo cada día que intentes retenerme aquí contra mi voluntad.

–No esperaba menos de una Bellamy.

Kira se sujetó a la mesa, incapaz de respirar a través del nudo de angustia que le atenazaba la garganta. El dolor de cabeza de todo el día se intensificó con la fuerza de miles de tambores resonando en sus venas.

André no se movió, ni siquiera parpadeó. La observaba con una letal intensidad que le secaba la boca. Se pasó de nuevo la lengua por los labios, pero le ardían. Tenía la garganta reseca.

Fue a tomar un vaso de agua, pero le temblaba tanto la mano que lo tiró.

–Déjalo –ordenó él cuando intentó limpiarlo.

Kira volvió a pasarse la lengua por los labios, tan resecos, tan sedientos. La jarra de agua estaba muy lejos, el salón daba vueltas y le temblaban las piernas. Todo a su alrededor se tambaleaba.

Tenía que salir de allí. Alejarse de él y su intensa mirada. No tenía fuerzas para enfrentarse a tanto odio.

Lo único que quería era llegar a su habitación y tumbarse en la cama.

Respiró y, tratando de mantener el equilibrio, miró hacia la barandilla. Si pudiera concentrarse en ella, quizá lograra dominar el mareo.

—¿Dónde vas? —preguntó él sujetándola por el brazo cuando pasó junto a él.

—Suéltame.

Él aflojó los dedos levemente.

—Respóndeme.

Kira cerró los ojos.

—A mi habitación.

—No has comido.

Lo miró furiosa.

—He perdido el apetito.

Los labios masculinos se apretaron en un desagradable gesto.

—Tienes que comer. Le diré a Otillie que te suba una bandeja.

—No te molestes. Esta noche no podré retener nada.

André le soltó el brazo y le puso las dos manos en los hombros.

—Necesitas comer. El niño...

—¿Cómo te atreves a pensar en el bienestar de mi hijo ahora? —se apartó de él y fue hacia las escaleras.

Cada paso era un reto.

Llegó al pie de las escaleras y se sujetó a la barandilla para no caerse.

—Mi hijo, *ma chérie*, no lo olvides.

Como si pudiera.

Kira lo miró, pensando que seguía siendo el hombre más apuesto que había conocido. Y el más peligroso.

Él la observaba con la cadera apoyada en la mesa y una copa de champán, que había vuelto a llenar, en la mano.

—Vete al infierno, André.

—Ya estoy en él —dijo él, con una voz que sonó lejana y distante.

Kira llegó hasta el tercer escalón cuando los calambres la rompieron por dentro, con una fuerza mucho más intensa que la última vez.

Por un momento recordó las palabras del médico. Que evitara el sol y bebiera dos litros de agua al día.

No había hecho ninguna de las dos cosas. Pero lo haría en cuanto llegara su dormitorio. En cuanto hubiera logrado alejarse de André y sus acusaciones.

El siguiente paso le provocó un agudo dolor en el vientre, tan fuerte que la dejó sin aliento y la obligó a doblarse hacia adelante, sujetándose a la barandilla con una mano para no caer y apretándose el vientre con la otra para proteger a su hijo.

Pero su mundo no dejaba de girar.

—¡André!

Oyó ruido de cristal haciéndose añicos y al instante él estaba a su lado, alzándola en brazos, con la cara pálida y desencajada.

—Nuestro hijo —logró decir ella antes de perder el conocimiento.

André paseaba nervioso por el pasillo del hospital. La hora desde que Kira se desmayó en sus brazos hasta que llegaron a Martinica había sido un infierno de pesadilla. Nunca se había sentido tan impotente, ni había tenido tanto miedo por nadie.

A pesar de su promesa de no amar nunca a una mujer, André lloró en silencio mientras la sostenía en brazos, pegada a su corazón, con el pecho tan encogido que apenas podía respirar.

Durante el trayecto en el yate entre las dos islas Kira no abrió los ojos ni recobró el conocimiento.

Estaba tan pálida, tan demacrada, tan fría, que no fue más que una muñeca de trapo en sus manos.

Hacía siglos que André no rezaba, pero lo hizo entonces, y también en el hospital.

Rezó por ella, por su hijo, por los dos, y pidió perdón por haber puesto en peligro su vida y la de su hijo.

Tenía que haberse dado cuenta de que le ocurría algo. Pero había estando demasiado ocupado en castigarla por ser una Bellamy.

La había atacado con la misma agresividad y la misma crueldad con que se enfrentaba a un adversario en los negocios. Quizá incluso peor, porque sus emociones jugaban un importante papel en todo lo referente a Kira.

Había sido incapaz de separar su vida profesional de la personal, y ella era parte de ambas.

Le había retirado de su puesto de trabajo y la había convertido en su amante.

Pero el papel de amante no acababa de encajarle, porque llevaba a su hijo en su seno.

¡Un hijo cuya vida había puesto en peligro! ¡Un hijo que podía morir!

En su mente se repetían sus acusaciones una y otra vez. También las rotundas negativas de Kira. Sin embargo, los dos millones de dólares que él había pagado por sus acciones habían ido directamente al bolsillo de Peter. Claro que en lugar de ponerse en contacto con él cuando tuvo la oportunidad de hacerlo en St Barth, Kira se puso en contacto con su abogado, que en lugar de ofrecerle una solución parecía alegrarse de que ya no formara parte de la empresa familiar.

¿La habrían desheredado? ¿Incluso traicionado?

Eso era lo que parecía. Peter no se había puesto en contacto con él en ningún momento. Como si se alegrara de que Kira desapareciera de su vida. Pero si eso era cierto, ¿por qué habían ido a parar los dos millones de dólares a manos de Peter? ¿Y porque habían ido de nuevo los paparazis a la isla?

El médico salió de la sala de urgencias y se dirigió a él con el ceño fruncido.

–*Monsieur* Gauthier, usted me dio su palabra de que la señorita Montgomery seguiría mis consejos.

–Sí, es cierto –algo que evidentemente no había hecho–. ¿Cómo están, ella y mi hijo?

–La señorita Montgomery está gravemente deshidratada y hemos tenido que administrarle suero de forma intravenosa.

–¿Y el niño?

–Está bien. Sus latidos son normales –le tranquilizó el médico–. He pedido unas pruebas para comprobar el estado de la madre, y si todo está normal, podremos darla de alta hoy.

–¡No! –exclamó André pasándose una mano por el pelo.

El médico ladeó la cabeza.

–¿No?

–No creo que pueda ser capaz de rehidratarse ella sola tan pronto –dijo André, con la esperanza de que el médico no se dio cuenta de que no era más que una estúpida excusa.

En realidad se temía a sí mismo, y no estaba seguro de sus propias emociones y de su reacción, debatiéndose como estaba entre el amor y el odio.

El médico se frotó la mandíbula y frunció el ceño.

–No le gustará que la retengan contra su voluntad, señor. Me ha dicho que quiere irse a casa.

A casa. Su casa había sido el Chateau Mystique, y él se lo había arrebatado. La había dejado sin nada.

–Le recompensaré si la mantiene aquí unos días más –dijo André, calculando que eso le daría tiempo para hacer lo que tenía que hacer–. Dígale que debe quedarse por el bien de su hijo.

–De acuerdo, señor. Agradecemos su generosidad. Puede pasar a verla si así lo desea –dijo el médico antes de retirarse.

Era lo que André más deseaba, pero no se atrevía a enfrentarse a ella hasta que averiguara si le había dicho la verdad.

Porque si era inocente, como ella aseguraba, su honor le exigía reparar el daño que le había hecho al no creerla.

Sentada en la cama, Kira contemplaba las nubes blancas que se movían perezosamente en el cielo azul. En los dos días que llevaba hospitalizada la escena apenas había cambiado.

Dentro tampoco había cambiado nada. La misma enfermera y el mismo médico atendían todas sus necesidades y caprichos, hasta un punto casi innecesario. La comida era deliciosa, y aunque no tenía nada de apetito, comía y bebía por el bien del niño.

Gracias a Dios su hijo estaba bien. Si lo hubiera perdido, o hubiera sufrido algún tipo de daño, no se lo habría perdonado nunca.

Pero había perdido a André. Estaba segura de ello, porque no había sabido nada de él desde el enfrentamiento que tuvieron en su casa.

Mil veces había recordado el momento que se alejó de él: la cólera en los ojos masculinos que acabó definitivamente con su anterior resolución de ganarse su corazón y de hacer un hueco en su vida para ella y su hijo.

Sin embargo, también recordaba el dolor, el arrepentimiento y el miedo en su rostro justo cuando ella se desplomó.

Los ojos se llenaron de lágrimas, pero con un gesto furioso las secó. André no la había ido a ver al hospital ni una sola vez. ¿Cómo había podido abandonarla? ¿A ella y a su hijo?

Porque era la hija de Edouard Bellamy.

La odiaba, y también odiaba a su hijo.

Debería alegrarse de que la verdad hubiera salido por fin a la luz, y de que la dejara en paz. De que probablemente no volvería a verlo jamás.

Debería alegrarse por ello, pero se había sentido tan desolada.

Al tercer día de su estancia en el hospital, algo la despertó de su sueño.

Miró a su alrededor y su corazón se aceleró al ver el hombre alto y moreno junto a la ventana, de espaldas a ella. ¿Estaría soñando?

No, era real. Por fin André había ido a verla, y el tonto de su corazón estaba saltando de alegría en su pecho, haciendo caso omiso de las advertencias de su razón.

–¿Cuánto rato llevas ahí? –preguntó.

–No mucho. El médico dice que estáis bien.

–Hemos tenido suerte –dijo ella, extrañada al no escuchar rencor en su voz.

Pero también era una voz carente de emociones. Sólo indiferencia, como la que se usa cuando se habla a un desconocido después de un accidente.

Kira suspiró, incapaz de mantener una actitud distante, incluso ahora.

–Gracias por traernos tan deprisa.

–No me las des –dijo él alzando un hombro pero sin volverse–. No tenía que haberte dicho las cosas que te dije, y menos con tanta... –añadió agitando la mano en el aire, como si le faltara la palabra exacta.

–¿Animadversión? –sugirió ella.

–Con tanto veneno –dijo él–. Mi comportamiento fue inexcusable.

–Sí –dijo ella, que no estaba dispuesta a perdonarlo tan fácilmente por el ataque verbal al que le había sometido y del que ella no se pudo defender.

No volvería a ocurrir. Dijera lo que dijera, ocurriera lo que ocurriera en el futuro, si tenían un futuro en común. En ese momento ella no podía adivinar lo que pasaba por la mente de André.

–Tenemos asuntos pendientes –continuó él.

–¿De negocios? ¿Te refieres al Chateau?

–No, asuntos personales.

¿No se referiría a...?

–Tenemos un hijo en común.

–Soy consciente de mis obligaciones, querida mía.

Aquellas palabras la sobrecogieron, furiosa y dolida de que considerara a su hijo como una obligación. Dolida de que pensara así de su hijo, y furiosa consigo misma por haberse engañado otra vez.

Él no la quería, y tampoco quería a su hijo. Era igual que su padre: frío, cruel y calculador.

Ahora veía las cosas claras. André había ido a verla por una razón: llegar a un acuerdo con ella para olvidarse tanto de ella como de su hijo.

–Bien, di lo que tengas que decir –dijo ella apretando con fuerza la sábana.

–He hablado con Peter Bellamy –continuó él mirando por la ventana, como si no pudiera soportar mirarla.

Kira soltó una sonrisa cargada de amargura, más entristecida que sorprendida de que André continuara pensando lo peor de ella.

–¿Ha negado que hubiera una conspiración? ¿O quizá te ha jurado que lo planeé todo yo sola?

–Ninguna de las dos cosas. Peter se echó a reír, encantado con todo lo que había provocado. Te odia.

Kira sospechaba que su hermanastro no la apreciaba demasiado, y había llegado a la conclusión de que fue él quien ofreció los planes para arruinarla, pero no había imaginado que la odiara hasta tal punto.

Había sido una tonta, siempre deseando una familia, primero haciendo todo lo que le decía su madre, y después su padre, que apenas lo había sido más que de nombre.

–Y sin embargo, tú sigues pensando lo peor de mí –dijo ella.

Los hombros masculinos se irguieron ligeramente.

–Ahora sé que eras totalmente inocente.

El reconocimiento no le decía lo que sentía por ella, sólo que creía sus protestas de inocencia.

–¿Eso es lo que has venido a decirme?

–No sólo eso –André se volvió hacia ella y caminó hacia la cama, mirándola a los ojos.

–¡Oh, Dios mío! –Kira se echó hacia adelante al ver los cardenales en el rostro masculino, el labio cortado, el ojo hinchado–. ¿Qué te ha pasado?

La expresión ceñuda le daba un aspecto más peligroso, a pesar del exquisito traje a medida que llevaba.

–Digamos que he tenido algo más que palabras con Peter –dijo él, sin ocultar el orgullo por lo que había hecho.

Kira abrió la boca con incredulidad.

–¿Lo atacaste?

–*Oui*. Hubiera podido matarlo por lo que te hizo, pero algo me detuvo –dijo él, desviando la mirada como si no le gustara reconocerlo.

Una pequeña llama de esperanza prendió en ella. André se había pegado con su hermanastro por defenderla.

Aunque eso no significaba que sintiera nada por ella.

André era un hombre complejo, y sus razones para enfrentarse a Peter podían no tener nada que ver con ella, sino únicamente con su honor.

–¿Por qué, André? ¿Por qué lo hiciste?

André hundió las manos en los bolsillos de los pantalones y la miró tan tenso que el aire se cargó de electricidad.

–Tengo tolerancia cero con los hombres que quieren arruinar a sus hermanas.

–Su hermanastra ilegítima –le corrigió ella, sin sentir ninguna lástima por Peter Bellamy.

–La misma sangre Bellamy corre por tus venas y por las de él.

Kira se echó a reír, porque ni siquiera su padre le hizo parte de su familia legítima. Toda la vida la había tenido secuestrada, y le había dejado claro que nunca debía hablar de su paternidad con nadie. Que si lo hacía pagaría las consecuencias.

André la contempló en silencio unos minutos antes de continuar.

–Tú te convertiste en el blanco de la venganza familiar el día que Edouard te dio un puesto importante en Le Cygne.

Kira sospechaba que empezó el día que Peter se enteró de su existencia, pero había esperado el momento en que Edouard no estuviera allí para defenderla.

–Es evidente que a Peter no le hizo ninguna gracia que su padre reconociera a su bastarda tan generosamente –dijo ella.

–Sí, pero fue su abogado quien se dio por agraviado –continuó André.

–¿Claude? ¿Pero por qué?

–¿De verdad no lo sabes? –ella negó con la cabeza–. Claude Devaux es el cuñado de Edouard.

Más familia. Más odio. Kira contuvo las lágrimas de rabia, harta de ser manipulada por hombres poderosos con segundas intenciones.

–Yo confiaba en él.

–Se lo pusiste muy fácil, a los dos.

Kira tomó el vaso de agua y bebió un largo trago, esperando más explicaciones, pero André se limitó a mirarla con una expresión indescifrable.

–¿Cuánto hace que lo sabías? –preguntó ella.

André se encogió de hombros, en un gesto que ella detestaba y amaba a la vez, porque nunca estaba segura de si se había enamorado de un hombre cruel y sin sentimientos, o de una persona atormentada.

–Cuando las acciones se pusieron en venta empecé a sospechar, pero no lo creí hasta que escribiste al abogado para exigirle respuestas. Pensé que te pondrías en contacto con Peter para buscar la forma de arruinarme, pero no lo hiciste.

¡Qué tonta había sido por no sospechar que el ordenador abierto en la alcoba era una trampa!

Alzó la barbilla, y detestó que estuviera temblando.

–¿Sabías que no había escrito a Peter, pero mantuviste la acusación de que había conspirado con él?

André se encogió de hombros.

–Eres una Bellamy –fue su respuesta.

–Y tú nunca podrás confiar en una Bellamy. Y mucho menos amarla.

Ni a ella ni a su hijo.

André apretó la mandíbula con tanta fuerza que podía haberla roto, pero sus ojos continuaron indescifrables.

–Me ocuparé de que no os falte de nada. Pero nada más.

Kira dejó el vaso en la mesita con cuidado, a pesar de que lo que deseaba era tirárselo a la cabeza. Aquella noche en St Barth, cuando él la mantuvo abrazada junto a su pecho y la llamó mi amor, ella le creyó y pensó que tendrían una oportunidad de ser felices juntos. Esperó que juntos podrían superar cualquier obstáculo, incluso el de su parentesco con Edouard.

No había perdido por completo la esperanza, pero ¡qué equivocada había estado al creer que con amor se podía superar todo!

A la mañana siguiente, André la había tratado con mordaz indiferencia, de nuevo furioso con ella, y ella pensó que la maravillosa noche compartida con él no había sido más que un sueño.

Nunca se le pasó por la imaginación que fuera porque André había descubierto que era hija de Edouard, y que pensaba tenderle una trampa en lugar de hablarlo directamente con ella.

Algo en ella murió por dentro. André también la había utilizado, como habían hecho todos los hombres de su vida, y continuaría siendo si ella lo permitía.

Reconoció que no volvería a enamorarse de ningún hombre como lo estaba de André. Ni siquiera lo intentaría, porque nunca más podría volver a confiar en ninguno.

No, no merecía la pena.

Había encontrado el gran amor de su vida, pero lo había perdido.

Debía aceptarlo.

–¿No sientes ningún remordimiento por lo que has hecho? –preguntó ella con la voz quebrada, sintiendo que la distancia entre ellos se hacía cada vez más grande.

–He hecho lo que tenía que hacer.

Y eso haría también ella. Hacer lo único que le quedaba por hacer.

Todos los hombres de su vida la habían manipulado. Ninguno la quiso, ni la respetó. Ni su padre, que la vio como una obligación. Ni su hermanastro ni Claude, que la consideraban una usurpadora a la que debían eliminar. Y desde luego tampoco André, que la había utilizado de la peor manera, cautivando por completo su corazón para justificar su sed de venganza.

–Espero que la cara de Peter esté tan destrozada como la tuya, espero que a los dos os duela como a mí me duele todo lo que me habéis manipulado –lo miró a la cara y no pudo evitar que se le llenaran los ojos de lágrimas–. Y espero no volver a verte nunca más.

El cuerpo de André se tensó durante una décima de segundo, o eso fue lo que le pareció a ella, a través de las lágrimas.

–¿Eso es lo que deseas? –preguntó él.

Kira forzó la mentira a través de los labios secos.

–Sí, porque en tu corazón no tienes sitio para una Bellamy.

Con un tic en la mandíbula que parecía imitar los desbocados latidos de su corazón, André sacó un sobre del bolsillo interior de la chaqueta y lo dejó al pie de la cama. El duro golpe a su orgullo era evidente en la sombría mirada que acarició la de Kira brevemente.

–*Au revoir, mon amour*.

André salió de la habitación y ella se mordió la lengua para no llamarlo, mientras las lágrimas empezaban a derramarse como una cascada hirviendo.

El dolor era demasiado intenso para ignorarlo, y Kira necesitaba tiempo para decidir qué haría en el futuro y superar lo que había ocurrido. En el silencio de la habitación se acurrucó como una bola y lloró desesperadamente su pérdida. Y dio gracias a Dios de que a través de su hijo siempre estaría unida a André. Siempre podría amar una parte de él.

Muchas horas después Kira abrió el sobre con dedos temblorosos, con la sospecha de que André se habría ocupado de algunos detalles como si fuera su querida. No lo aceptaría, por supuesto. Porque eso mancillaría el amor que hubo entre ellos.

Desdobló el papel y lo leyó una vez. Y otra más. Después miró el resguardo del banco adjunto y su corazón se aceleró. Apenas podía respirar.

Le habían transferido todas las acciones de Chateau Mystique, el hotel era totalmente suyo, así como un ingreso bancario de cuatro millones de dólares. Una fortuna. Todo suyo.

Había logrado más de lo que quería, no volver a depender de la caridad o los caprichos de un hombre. Pero sin André en su vida, tenerlo todo no significaba nada.

Capítulo 11

HACÍA un mes que Kira había regresado al Chateau, tiempo suficiente para realizar una remodelación de la plantilla y reemplazar a los pocos empleados que no le merecían toda la confianza. Habían sido pocos, y los que quedaron le mostraron la lealtad que siempre esperó inspirar.

Pasaba los días trabajando, y por las noches disfrutaba en soledad de los progresos de su embarazo.

Sin embargo, su corazón continuaba sangrando por André, por perder lo que habían tenido, y por el dolor de tener que separarse de él. Temía demasiado seguir los pasos de su madre, y se negaba a poner su vida en manos de un hombre.

Así que se conformaba con soñar con que él aparecía de nuevo en el Chateau como antes y la llevaba a la isla, pero a medida que los días se convertían en semanas, se dio cuenta de que eso no iba a ocurrir.

André no volvería a buscarla.

Era una Bellamy, y además, en un incontrolable ataque de ira, le había dicho que no quería volver a verlo nunca más.

Le dolía pensar que él hubiera creído sus palabras a pies juntillas, unas palabras de las que se arrepentiría profundamente, y que deseaba poder retirar.

No podía aceptar que André no quisiera saber nada

del hijo que habían concebido juntos. Y no lo creería hasta que él se lo dijera con sus propias palabras.

Y si ése era el caso... ella amaría a su hijo por los dos.

Kira sonrió y posó una mano sobre el diminuto bulto del vientre. Por primera vez había sentido un aleteo en su interior, como las alas de una mariposa angelical moviéndose en su interior.

Su hijo.

Su hijo y el de André.

Le dolía pensar que el odio de André lo había envenenado tanto que había matado su amor.

Pero él nunca le había dicho que la amaba. Nunca le había dicho que la quisiera en su vida.

Quizá para él no había sido nada más que lujuria. ¿Qué otra cosa explicaba que no quisiera saber nada de ella ni de su hijo?

Él había conseguido su venganza.

Pero ella no había logrado olvidarlo.

Porque lo que no había cambiado era la imperiosa y desesperada necesidad de verlo, de acariciarlo, de besarlo. Lo amaba con todo su ser, y eso no cambiaría nunca.

¡Cuántas noches había descolgado el teléfono con la intención de llamarlo y cuántas veces había vuelto a colgar! No, no lo perseguiría, no le suplicaría, pero tenía que hablar con él aunque sólo fuera una sola vez.

Por eso aquella noche hizo la llamada, y fue Otillie quien respondió, y la que le dijo que André no se encontraba en la casa. La mujer le dijo que André estaba tremendamente deprimido, y le suplicó que volviera.

–*Monsieur*, no come, no duerme –dijo Otillie–. Por favor, señorita Montgomery, vuelva a casa.

A casa. Era extraño, pero ella consideraba la isla su casa.

Se llevó los dedos a los ojos cerrados, debatiéndose entre seguir los consejos de su cabeza o los impulsos de su corazón. Pero fue el bebé que crecía en su seno quien tomó la decisión, dándole la patadita que necesitaba.

—Estaré allí en unos días —dijo ella, y salió corriendo a la farmacia a comprar las vitaminas que necesitaba, preocupada por André, deseosa de verlo cuanto antes.

Al pasar por el quiosco de prensa se detuvo. El rostro atractivo que sonreía en la portada de una de las revistas del corazón la hizo cambiar de idea. Abrió la revista y sintió que se le helaba la sangre.

Las fotografías lo mostraban en clubs nocturnos y acontecimientos sociales en la Riviera Francesa, siempre con una hermosa mujer al brazo. Los titulares eran similares. *¿Qué belleza ganaría el corazón del multimillonario?*

El hecho de que ya había sustituido a Kira confirmaba que nunca la había querido, y que ella no lo conocía.

¡Claro que no comía ni dormía! ¡No tenía tiempo!

Kira dejó la revista y volvió a su apartamento. André Gauthier la había seccionado de su vida con precisión quirúrgica, y ya era hora de que ella hiciera lo mismo.

André miraba pensativo por la ventana de su avión privado, ansioso de que aterrizara, irritado por llegar a Las Vegas una semana más tarde de lo que había planeado. El agotamiento atormentaba cada fibra de su ser, después de pasar el mes más deprimente de su vida trabajando incansablemente en su hotel de la Riviera Francesa, un trabajo que debía haber realizado cuando decidió secuestrar a Kira y llevarla a Petit St Marc.

Kira. Su corazón dio un doloroso vuelco. Nunca imaginó que un hombre pudiera amar tan intensa y profundamente a una mujer, ni que ella pudiera llenarle el corazón y darle esperanza.

Había creído que lo correcto era alejarse de ella, siendo como era la hija de Edouard Bellamy, pero se había equivocado. Cuando se alejó de ella, perdió lo mejor que le había pasado nunca. Y había sido un idiota al creer las palabras de la madre de Kira de que Edouard era su padre. La mujer había vendido a su hija a Bellamy, pero eso no demostraba que fuera su padre, sino simplemente que era el amante que más dinero estaba dispuesto a entregarle a cambio de la pequeña. Tenía que conocer la verdad, y si Bellamy era el padre, encontraría la manera de aceptarlo.

El pasado era el pasado, y sólo era eso, el pasado.

Su futuro estaba con Kira.

Ella era la mujer que amaba, la madre de su hijo, y haría cualquier cosa por recuperar su amor y lograr su perdón. Por ganarse su corazón.

Sabía que se le resistiría por orgullo o por lo mucho que le había hecho sufrir, pero volvería a conquistar su corazón. Y esta vez no la dejaría marchar. Nunca.

Ya era por la tarde cuando André entró en el lujoso vestíbulo del Chateau Mystique, el hotel situado en el centro de Las Vegas, y se dirigió con pasos seguros a la recepción diciendo que deseaba hablar con Kira inmediatamente.

–¿Su nombre, señor? –preguntó la recepcionista con total profesionalidad, la misma que él exigía en sus hoteles y complejos turísticos.

–Gauthier. André Gauthier.

La recepcionista abrió los ojos. Sin duda reconocía su nombre.

–Un momento, por favor –dijo, y salió con pasos apresurados hacia el despacho del director, situado al final de la recepción.

Unos segundos después, la puerta del despacho se abrió y la recepcionista le invitó a pasar.

–Por aquí, señor.

–Gracias.

André sintió un nudo en el estómago, y el fuerte acelerón de su corazón. Sabía lo que tenía que decir, lo que quería decirle, pero sin andarse por las ramas.

Se lo diría directamente, y después la tomaría en brazos y la besaría. Todo se arreglaría.

Pero no era Kira quien le esperaba. Un hombre joven y bien vestido se levantó del escritorio para saludarlo, con una sonrisa educada pero cauta.

–¿En qué puedo ayudarlo, señor Gauthier? –preguntó el hombre.

–Tengo que hablar con Kira Montgomery inmediatamente.

El joven soltó una nerviosa risita.

–Lo siento, señor, pero la señorita Montgomery no está aquí.

André respiró profundamente. Bien. Esperaría.

–¿Cuándo regresará?

–No podría decirle –dijo el director–. Se fue hace una semana y me dijo que tardaría en regresar.

Esa posibilidad no se le había pasado por la cabeza. Para Kira, el Chateau era todo, y no lo dejaría de manera indefinida a menos que hubiera surgido algún imprevisto o alguna urgencia.

¡El bebé! El miedo le agarrotó las entrañas. Kira no dejaría el hotel sin una razón importante.

–¿Se encuentra bien? ¿Dónde ha ido? –preguntó André temiendo lo peor.

–No puedo decirlo.

–Dígame cómo puedo ponerme en contacto con ella –exigió él–. Necesito hablar con ella.

–Señor, la señorita me dio órdenes estrictas de que no quería que le molestara nadie, a menos que hubiera algún problema en el Chateau que yo no pudiera solventar.

André apoyó las dos manos en la mesa y se inclinó hacia adelante, dispuesto a sacarle la verdad a bofetadas si era necesario.

–Soy André Gauthier y exijo hablar con la señorita Montgomery. Dígamelo. ¿Dónde demonios está?

–La señorita mencionó que deseaba volver a casa –dijo el director–, aunque no dijo exactamente dónde se encontraba su casa.

Eso era imposible. El Chateau era su casa.

–¿Está seguro?

–Sí, señor.

André salió del despacho furioso consigo mismo. Kira no debía viajar en su estado.

¿Y dónde estaría su casa? ¿En Inglaterra? ¿En el internado donde pasó buena parte de su infancia y adolescencia?

Las posibilidades eran infinitas. El miedo a perderla se apoderó de él.

Sacó el móvil y llamó al detective privado.

–Necesito saber dónde ha ido Kira Montgomery de vacaciones.

–Me pondré ahora mismo, señor –respondió el detective–. En cuanto al asunto de la paternidad, Bellamy fue incinerado. Será muy difícil demostrar de manera contundente que fuera el padre.

–Olvídelo. Encuentre a Kira –le ordenó y salió del Chateau para volver a Petit St Marc.

Allí esperaría noticias suyas.

Pero por mucho que le costara, no se rendiría hasta dar con ella.

André entró en casa casi sin saludar a Otillie, que le esperaba en la puerta con una sonrisa de oreja a oreja.

–*Bonsoir*, *Monsieur* Gauthier –dijo la mujer–. ¿Cómo está?

–Agotado –dijo él, aunque hubiera podido añadir y furioso, y preocupado, y sin ganas de intercambiar naderías.

Se dirigió a las escaleras, pero en ese momento aquel sutil olor floral lo envolvió y se detuvo en seco.

¡Kira!

Se volvió en redondo y miró a su alrededor, alerta, rezando para que no se hubiera vuelto loco y no fueran más que imaginaciones suyas.

–¿Dónde está?

Otillie se echó a reír con evidente placer.

–La señorita está en el salón –dijo por fin.

Con el corazón latiendo salvajemente, André cruzó el vestíbulo de seis zancadas. Se detuvo en la entrada y se apoyó en el marco, porque no estaba seguro de que las piernas pudieran llevarle hasta ella.

Durante un largo momento contempló la imagen de Kira acurrucada en el sofá. En su casa.

Mon Dieu, qué tonto había sido.

Kira había dicho a sus empleados que se iba a casa. Para ella Petit St Marc era su casa. Eso tenía que ser una buena señal.

Por fin estaba allí con él, y había vuelto por su propia voluntad.

Pero ella lo miraba con el ceño fruncido, con desconfianza.

Él sólo deseaba tocarla, besarla, amarla.

La deseó la primera vez que la vio en su despacho. Entonces la tomó, creyendo que estaba involucrada en la guerra despiadada que luchaba contra Bellamy. Y continuó tomándola incluso cuando sus dudas se hicieron más fuertes.

Kira se merecía mucho más que la vida fría y sin amor que le había dado Bellamy. Desde luego no merecía la hostilidad de André, ni sus dudas, ni su negativa a darle nada que no fuera físico.

Oui, él no la merecía. Y eso fue el motivo que lo llevó a alejarse de ella aquel día en el hospital.

Pero no podía dejarla. Él, que había jurado no permitir que ninguna mujer se apoderara de su corazón y de su alma, no podía dejar de pensar en ella durante el día, y de soñar con ella por las noches. La amaba y no la dejaría marchar. Ni ahora ni nunca.

Camino hacia ella y se detuvo al llegar a su lado. Con los puños apretados, temblando, porque sabía que si la tocaba la tomaría en el sofá y le acariciaría todo el cuerpo. Le haría el amor allí mismo.

–Cásate conmigo –le dijo.

Los ojos castaños se abrieron desmesuradamente.

–¿Qué?

–Estás preciosa, estás embarazada de mi hijo, cásate conmigo.

Kira se ruborizó, pero su cuerpo se tensó y su expresión de desconfianza no cambió.

–Hace un mes también estaba embarazada, y entonces no me pediste que me casara contigo.

–Fui un idiota.

–¿Y ahora no lo eres?

André se mesó los cabellos morenos, frustrado, temblando como un adolescente, con el sabor del miedo en los labios.

–Soy el padre de tu hijo –dijo–. El hombre que amas.

–Cierto –dijo ella mirándolo largamente–. Pero tú odias a todos los Bellamy. Has invertido mucho tiempo y dinero para destruir la dinastía de Edouard y arruinar a Peter. ¿Debo recordarte que soy hija de Edouard Bellamy?

–Yo odio a los Bellamy, pero no a ti. A ti nunca.

–Eso lo dices ahora –dijo ella, cada vez más nerviosa–. Pero ¿qué pensarás dentro de un mes, o de un año?

André se arrodilló a su lado y apoyó una mano en el vientre femenino.

–¿Qué debo hacer para convencerte de que quiero que seas mi esposa, que seas la madre de mi hijo? ¿De que quiero envejecer a tu lado?

La mirada femenina se suavizó, y los labios temblorosos esbozaron una sonrisa a la vez que ella le tomaba la mandíbula con las manos.

–Quiero creerte, pero tengo que estar segura de que no me odiarás por ser una Bellamy, ni tampoco a nuestro hijo.

–Nuestro hijo es un Gauthier –dijo él, inclinándose hacia delante para besarla.

¿Cómo había podido sobrevivir a un mes sin besarla?

–Y parte Bellamy –insistió ella echándose hacia atrás.

–Quizá sí, quizá no –dijo él–. Sin el ADN de Edouard será imposible demostrar de manera concluyente que era tu padre.

–En ese caso nunca lo sabremos –dijo ella–. Siempre existirá la duda.

–Sólo si dejas que la incertidumbre te atormente –André le tomó la cara con las manos y la miró a los ojos–. Por eso he buscado la respuesta aquí dentro –se llevó un puño al corazón–. Y me he dado cuenta de que me enamoré de ti incluso cuando pensaba que eras una marioneta de Edouard, y continué amándote cuando estaba seguro de que eras la amante de Peter. Cuando creía que habías conspirado con ellos para arruinarme, mi amor por ti no hizo más que intensificarse.

–Oh, André, ¿me quieres?

–Eternamente. Te llevo en la sangre, en la piel –dijo ella–. Mi corazón sólo late por ti. Cásate conmigo. Sé mía para siempre.

–Sí –dijo ella rodeándole el cuello con los brazos y besándolo.

–Nos casaremos la semana que viene –dijo él sin dejar de besarla.

–¿A qué viene tanta prisa?

–¿Tú qué crees? –dijo él acariciando el vientre que ya empezaba a hincharse.

–No quiero una gran boda –dijo ella.

–Haremos una boda íntima. Nos casaremos aquí.

–Sí –Kira lo besó en la mejilla y suspiró–. Te quiero.

–*Mon amour* –André depositó un reguero de besos por la garganta femenina–. *Mon couer*.

–Tengo que aprender francés –dijo ella.

–Podemos empezar ahora. Repite conmigo. *Je t'aime avec tout mon coeur.*

Kira repitió pronunciando las palabras lentamente.

–¿Qué he dicho?

–Te quiero con todo mi corazón –dijo él.

Ella sonrió, y parpadeó rápidamente, porque tenía lágrimas en los ojos.

–Es cierto.

André la besó tierna y largamente, arrancándole un suspiro de placer.

–Te quiero, Kira Montgomery. Eso es lo único importante. Tú eres mía, y yo soy tuyo, y juntos hemos creado nuestra familia.

Ella sonrió. Era cierto, ella había creado una familia en sus brazos, y había conseguido el sueño que siempre acarició.

Siempre y cuando se tuvieran el uno al otro, lo demás no importaba.

Después de cinco meses de tener a un marido totalmente pendiente de ella, Kira hizo un rápido viaje al hospital de Martinica.

Allí, en lugar de estar a punto de perder a su hijo, dio a luz a Antoine Louis Gauthier, un niño con los ojos negros de su padre y el pelo castaño de su madre.

Kira acarició con un dedo la mejilla regordeta de su hijo, casi sin poder creer que ya tenía la familia que siempre había deseado.

Su marido la amaba, y ahora tenían un hijo al que los dos amarían con pasión.

André se sentó en la cama y contempló la escena con adoración.

–Mi hijo tiene mucho apetito –dijo cuando ella amamantó por primera vez al bebé.

–De tal palo tal astilla.

–Cierto.

Una orgullosa sonrisa afloró a los labios de André.

–Es guapísimo –dijo ella–. Gracias, *mon coeur*.

Ella sonrió, agradecida y tan feliz que no pude evitar las lágrimas. Eran lágrimas de felicidad.

André se acercó más a ella y a su hijo.

–Hace mucho tiempo que no formaba parte de una familia.

–Para mí tener una familia es algo totalmente nuevo, pero también lo es el matrimonio, y ser madre y esposa. Supongo que es cuestión de acostumbrarse.

–¿Te arrepientes?

–Absolutamente de nada –dijo ella sonriendo y entendiendo bien a aquel hombre complejo que tanto había protegido su corazón–. Hace mucho rato que no me besas.

–Entonces será mejor que le ponga remedio –dijo él inclinándose hacia ella sin ocultar su amor.

Bianca™

Una inocente inglesa…
seducida por un magnate griego

Karin, una heredera que trabaja de bibliotecaria, ha fracasado en su primer acto de rebeldía. Ha intentado recuperar el símbolo de todo lo que valora en su vida, pero el despiadado multimillonario Xante Tatsis la ha pillado con las manos en la masa.

¿Por qué le roba esa mujer? Xante siente curiosidad. Él pone sus condiciones para salvarla del escándalo y llegar a la verdad. Si Karin quiere recuperar la preciosa joya familiar, tendrá que ganársela en el dormitorio.

Chantaje en la cama

Carol Marinelli

Acepte 2 de nuestras mejores novelas de amor GRATIS

¡Y reciba un regalo sorpresa!

Oferta especial de tiempo limitado

Rellene el cupón y envíelo a

Harlequin Reader Service®
3010 Walden Ave.
P.O. Box 1867
Buffalo, N.Y. 14240-1867

¡Sí! Por favor, envíenme 2 novelas de amor de Harlequin (1 Bianca® y 1 Deseo®) gratis, más el regalo sorpresa. Luego remítanme 4 novelas nuevas todos los meses, las cuales recibiré mucho antes de que aparezcan en librerías, y factúrenme al bajo precio de $3,24 cada una, más $0,25 por envío e impuesto de ventas, si corresponde*. Este es el precio total, y es un ahorro de casi el 20% sobre el precio de portada. !Una oferta excelente! Entiendo que el hecho de aceptar estos libros y el regalo no me obliga en forma alguna a la compra de libros adicionales. Y también que puedo devolver cualquier envío y cancelar en cualquier momento. Aún si decido no comprar ningún otro libro de Harlequin, los 2 libros gratis y el regalo sorpresa son míos para siempre.

416 LBN DU7N

Nombre y apellido	(Por favor, letra de molde)
Dirección	Apartamento No.
Ciudad	Estado	Zona postal

Esta oferta se limita a un pedido por hogar y no está disponible para los subscriptores actuales de Deseo® y Bianca®.
*Los términos y precios quedan sujetos a cambios sin aviso previo.
Impuestos de ventas aplican en N.Y.

SPN-03 ©2003 Harlequin Enterprises Limited

Deseo™

Más que un millonario

EMILIE ROSE

Una confusión en la clínica supuso que la mujer equivocada se quedara embarazada. Ryan iba a hacer lo que fuera para reclamar lo que era suyo. Sobre todo tras descubrir que Nicole Hightower, la encantadora heredera de una compañía aérea, no estaba dispuesta a entregarle su futuro hijo tan fácilmente. No sabía si había alguna manera en la que pudiera tener a ambos… sin realizar promesas que jamás podría cumplir.

¿Matrimonio? No, sólo quería un hijo para cumplir su sueño.

Bianca™

¿Podría ser que deseara que el seductor príncipe se la llevara a la cama?

Comprometida contra su voluntad con el famoso príncipe Karim, la candorosa Eva cuenta con un plan para dejarle plantado. Lo convencerá de que es una mujer moderna y con experiencia en el terreno sexual, lo que la convertirá inmediatamente en una candidata poco adecuada para ser su esposa.

Sin embargo acaba casándose con él. Por si esto fuera poco, su esposo está produciendo en ella un efecto inesperado…

El jeque seductor

Kim Lawrence